德文
女老師

Die Deutschlehrerin

Judith W. Taschler

尤蒂特·W·塔須勒 著
劉于怡 譯

序幕

寄件日期：二〇一一年十一月二十七日
寄件者：提洛邦文化服務科
收件者：M. K.

卡敏思基老師您好：

謝謝您幫貴班級登記參加「學生遇見作家」活動，此活動將在二〇一二年下學期正式展開。在此期間，將會有一位作家親臨貴校，帶領有興趣的同學們一起參與寫作工作坊的活動，爲期一週。

此次活動共計有十五位作家共襄盛舉，蒞臨貴校主持活動的作家是誰，則須靠抽籤決定。目前預計二〇一二年一月，會以電郵或電話通知您結果，以便後續聯絡事宜。

致以誠摯的祝福

安妮塔・坦澤
文化服務科
提洛邦學校教育處

寄件日期：二〇一一年十二月二十日
寄件者：提洛邦文化服務科
收件者：薩瓦爾・桑德

桑德先生您好：

很高興能通知您，在「學生遇見作家」活動中，您被分配到因斯布魯克的福爾斯坦路八十六號的吳甦樂商管類實科中學主持寫作工作坊。請您與該校負責此活動的德文老師聯繫，以便確認活動時間。此校負責老師的電子郵件地址爲：m.k.@tsn.at.

致以衷心的祝福

安妮塔・坦澤
文化服務科

提洛邦學校教育處

瑪蒂達與薩瓦爾重逢前彼此交換的電子郵件

寄件日期：二〇一一年十二月二十七日
寄件者：薩瓦爾．桑德
收件者：M. K.

M. K.先生（？）您好：

兩個月前我答應參加一項校際文化活動，前幾天收到通知我被分派到貴校主持爲期一週的學生寫作工作坊。

關於活動時間，我希望能在二月十三至十七日那週舉行。幾次打電話到貴校秘書處皆無人接聽，無法以電話與您聯繫，希望透過電郵能很快收到您的回音。

薩瓦爾．桑德

寄件日期：二〇一一年十二月二十九日
寄件者：薩瓦爾・桑德
收件者：M. K.

M. K.先生您好：
請容我提醒您儘快回覆確認預定的活動時間，我好安排其他的活動！

薩瓦爾・桑德

寄件日期：二〇一二年一月四日
寄件者：薩瓦爾・桑德
收件者：M. K.

請儘快回覆確認預定的活動時間！我已在貴校秘書處電話留答錄機上留下多個訊息，至今卻未接到任何回覆電話。

薩瓦爾・桑德

寄件日期：二〇一二年一月七日
寄件者：M. K.
收件者：薩瓦爾・桑德

親愛的薩瓦爾：

謝謝你的來信。聖誕假期時學校祕書處不會有人，我在這段期間通常也不會檢查信箱。

我們都很高興，學校很快就會有個知名的青少年文學作家來訪。

關於活動日期，可惜你所建議的時間剛好是假期。我與同事們都很希望能改至三月上旬，確定的日期就看你方便安排。

瑪蒂達・卡敏思基

寄件日期：二〇一二年一月八日
寄件者：薩瓦爾・桑德
收件者：M. K.

瑪蒂達？瑪蒂達？瑪蒂達？

眞令我大吃一驚！天啊，我實在不敢相信，眞的是妳？這也太巧了吧！打死我都想不到竟然會是妳！發生什麼事把妳驅趕到山區裡去了？

致以衷心的祝福

薩瓦爾

（兩小時後）

寄件者：薩瓦爾・桑德

收件者：M. K.

妳什麼時候搬到提洛的？現在日子過得如何？仍是一個充滿熱忱的老師？妳結婚了嗎？

請妳趕快回信，我實在太好奇妳的回音了！

薩瓦爾

寄件日期：二〇一二年一月九日
寄件者：薩瓦爾・桑德
收件者：M.K.

喂！喂？喂！

就算只有隻字片語我也會很高興！

寄件日期：二〇一二年一月十日
寄件者：薩瓦爾・桑德
收件者：M.K.

我現在正一邊喝著威士忌，一邊在聽著歌，妳知道是誰的歌嗎？湯姆・威茲！

「跳華爾滋的瑪蒂達（註），跳華爾滋的瑪蒂達／你帶著跳華爾滋的瑪蒂達跟著我來吧／在等水燒開時他唱著／你帶著跳華爾滋的瑪蒂達跟我來吧」

妳還記得一九八六年七月，科西嘉島上品納雷魯深夜的海灘？那個從南提洛區來的老男

註：Waltzing Matilda，澳洲民謠，Matilda為行囊之意。

人，叫什麼名字來著的？是路易吉嗎？彈著吉他，用他動人肺腑的嗓音嘶吼著這首歌，他大概想藉此打動妳。早在一天前他就被妳深深地吸引著，老是跑來我們的帳篷，手裡拿著酒，找妳借開瓶器，一邊笨拙地開著那瓶產自卡特羅爾斯伊湖區的酒，一邊跟妳搭訕，完全無視躺在吊床上的我。

我們圍坐在營火前，我已經忘了在場的人到底有誰，只記得大約有十個人左右。雖然妳已微醺，但或許正因如此，妳突然起身，開始隨著《跳華爾滋的瑪蒂達》起舞。事實上妳也不算是跳舞，而是隨著旋律晃動身子，卻不可思議地性感激情。到最後妳甚至脫掉衣服，扔在沙灘上，繼續當著眾人跳舞，全身只剩一條保守的內褲！至今我仍記得那條內褲的樣子：深紫色，前面有個小小的蝴蝶結。妳總是穿著這種保守的內褲。歌曲結束後妳衝向海裡，又跑回來拉著我一起投入海中。後來那位南提洛人過來幫我把妳勸回帳篷，他暗自竊喜地藉機靠近妳的身體。回到帳篷後我們做愛，至今我仍相信，他一定站在帳篷偷聽，當時，這個念頭令我大為興奮。

每一次想起妳，腦袋裡總會浮起妳穿著內褲，當著我，當著唱歌的人，圍著營火跳舞的畫面，背景是滔滔浪聲。那個晚上的妳，眞是美極了。

請回信給我，求求妳，爲了昔日的美好。

薩瓦爾

寄件日期：二〇一二年一月十一日
寄件者：M. K.
收件者：薩瓦爾．桑德

薩瓦爾：

每一次想起你，我腦袋浮現的畫面跟你完全不一樣。

約莫十六年前的那個五月十六日，我一大早起床，騎腳踏車到學校。我出門時你仍在床上睡覺，一切如常，我輕輕地以吻告別。至於這個吻落在哪裡，端看你的睡姿而定，可能是臉頰、額頭或是頭髮。那一天，我吻在你的頭髮上。如果說我早有預感，那絕對是騙人的。我一點都沒有，眞的絲毫一點都沒有感覺，而這才是最糟糕的。

那一天，我連續教了六小時的課。中午吃飯時間輪到我在學生餐廳裡値班，結束後我又上了一小時的加強課程。記憶中，那天又熱又悶，我還記得一些當天發生的小事。例如中三丙班（註一）的考試，是學生第一次考論說文。還有我和中四乙班（註二）的的學生討論是否該全面廢止動物實驗。下午，我買了沙拉、番茄、甜椒、全麥麵包、奶油，還有蔥。那時，每當天氣變熱，你晚餐總喜歡吃百匯沙拉配蔥花麵包。你還記得嗎？

回到家門前我按了鈴，你並未來應門，因此我把東西全放在地上，拿出鑰匙開門。我以為你騎腳踏車出去運動，或者找保羅或葛歐格，或者有什麼事出門了。老實說，我沒有想太多，我們兩人之間，不是那種總是要知道對方在哪裡做什麼事。

但在打開門後，我就覺得不太對勁了。一開始，我不清楚是什麼事，但很快就察覺到走廊上比往常空蕩許多：地上沒有你的拖鞋，掛勾上也沒有你的外套，還有你的雨傘，那把深藍色的自動傘，統統都不在了。一開始我只覺得詫異，這景象太過陌生了，我想，你可能清過家裡，或者全拿去丟了。

但就在我關上門時，赫然發現門旁牆壁上那張鑲框的羅馬尼亞照片不見了。（就是那張你跟保羅去羅馬尼亞旅行時拍的照片：一個牙齒掉光了的老婦人，在田野中的小徑上推著一輛木頭手推車，載滿了蔬菜。推車上有隻小貓坐在一堆櫛瓜上，背景則是一片翠綠的田園景緻。）相片不見了，留下一片刺眼的空白。旁邊另一張照片還在，那張是我在科西嘉島上拍的，海邊的落日，在品納雷魯海灣。

看到你拍的照片不見了，在那一剎那，我就知道，或者至少感覺到了，儘管如此，我仍是絞盡腦汁地找各種理由：薩瓦爾可能去買新的相框了，或者，他不喜歡這張照片，所以拿掉了。我走進廚房，看起來一切如常，似乎並未少掉任何東西。但我馬上發現還是少了一樣：你專用的咖啡杯，總是放在洗碗槽裡。我們通常要到晚上才會將所有的杯碗瓢盆放進洗碗機裡，難道你今天離開得那麼倉促，連杯咖啡都來不及喝？這可從未發生過。

客廳的書櫃空得離譜，你的書都不見了，還有你的CD。書房裡你的書桌，還有辦公椅及新買的書櫃也消失了，只剩下我的書桌及書櫃，孤伶伶杵在那裡。整個書房成了半空了的房間，原來書桌位置下的木頭地板，黝暗得刺眼。臥室裡的床，你習慣睡的那一邊也空了，你的鑰匙放在床頭櫃上，沒留下任何隻字片語，沒有任何解釋，只有鑰匙。

這就是每次想起你，我腦袋中浮現的畫面：木頭地板上那塊四四方方的黝暗之處。很長一段時間，它都一直不斷提醒我你那懦弱的消失，直到我受不了，搬到因斯布魯克爲止。

註一：奧地利小學四年，接下來即進入中學，中三生相當於台灣的國一生。
註二：相當於台灣的國二生。

瑪蒂達

P. S.：你提到的那位南提洛人名字不是路易吉，而是庫爾特（而且他根本不是來自南提洛邦，而是施泰爾馬克邦。此外，我們是在一九八七年七月去品納雷魯渡假，不是一九八六年。）

（十三分鐘後）

寄件者：薩瓦爾・桑德

收件者：M. K.

我最親愛的瑪蒂達：

信尾的P. S.眞是典型的妳，記憶永遠比別人好，永遠不吝讓我知道，十五年來都如此。

此外，我曾寫了一封長信，在我離開幾天後郵寄給妳。裡頭詳述了我爲何離開妳，我眞的有不能不這麼做的理由！

薩瓦爾

P.S.：我還在等妳告訴我活動日期。

（一小時後）

寄件者：M.K.
收件者：薩瓦爾．桑德

薩瓦爾：

我從未接到那封你跟我詳細（！）解釋離開原因的長信，你也知道，你根本沒寫過信。在你消失後很長一段時間，我都過得非常悲慘。很多年後，我才重新找回自己生活的節奏。

瑪蒂達

P.S.：我實在無法忍住不說：我們在一起整整十六年，不是十五年。

至於活動日期，我的建議是三月五日至九日。

寄件日期：二〇一二年一月十二日

寄件者：薩瓦爾・桑德

收件者：M. K.

瑪蒂達：

當時情狀緊迫逼人，我在離別信中跟妳詳述了。很遺憾妳從未收到這封信，但我眞的寫了。妳說我根本沒寫這封信，這種指責非常傷人！

請別生氣，不過我眞的認爲，妳的「很多年後，我才重新找回自己生活的節奏」這句話也太情緒化了。這世界上每天都有成千上萬的人經歷分手一事，在人類的世界裡稀鬆平常。結束一段感情，展開另一段新感情，都再平凡不過了。

不過，我們也別爲了這個可笑的分歧爭執了，往事早已遠去，我很高興能再與妳重逢！

薩瓦爾

P. S.：三月五日至九日很好！

寄件日期：二〇一二年一月十四日

寄件者：M.K.
收件者：薩瓦爾．桑德

薩瓦爾：
我不確定我是否希望你來我們學校。

瑪蒂達

（六分鐘後）

寄件者：薩瓦爾．桑德
收件者：M.K.

親愛的瑪蒂達：
這也太孩子氣了！我們都是再成熟不過的大人了！我很高興能在這麼多年後還能與妳再次相逢！妳難道不好奇嗎？到現在我還無法相信，竟然因為巧合——不，我相信是命運，能再見妳一面。這實在是太棒了！

致以衷心的祝福

薩瓦爾

寄件日期：二〇一二年一月十五日

寄件者：M. K.

收件者：薩瓦爾．桑德

薩瓦爾：

好吧，那就決定三月五日至九日。你需要參加寫作工作坊學生的背景資料嗎？例如人數、年紀或喜愛的文學類型？我需要寄這些資料給你嗎？

瑪蒂達

（十一分鐘後）

寄件者：薩瓦爾．桑德

收件者：M. K.

親愛的瑪蒂達：

我是多麼想念這一切：妳那講求實際的絕對態度，妳無窮的精力，妳對教書的熱忱，還有妳的活力！我並沒有任何其他的念頭，只想再次見到妳（我簡直是迫不及待了！），或許，見面前我們還可以先繼續通信？

預定的日期沒問題，我也不需要任何學生資料，我想視現場狀況配合調整。那就期待三月四日星期天的來臨吧！只剩六星期而已！我可以在到旅館前先與妳見面嗎？

薩瓦爾

P. S.：妳將會知道，我們的談話對妳只有好處，且能澄清許多誤會！

瑪蒂達與薩瓦爾

打從瑪蒂達懂事後，她就想要擁有一個屬於自己的家。

她在孩提及青少年時期的白日夢，總是一成不變：她正在煮晚餐，孩子們一邊幫忙，一邊愉快地搶著說話。先生回家，在憐愛地擁抱她後，全家便一起坐在夕陽餘暉的陽台下吃晚餐，一家人七嘴八舌爭著訴說這一天發生的事。每個人都很快樂，一切都很和諧美滿。

瑪蒂達不敢告訴朋友她的願望，這太落伍了，會被取笑。在她成長的一九七〇年代，女人應該熱衷於職場上的發展。瑪蒂達當然也想要有職場工作，也從不覺得自己會滿足於家庭主婦的身分。但職業與家庭她都要，她理想中的未來生活，是有職場上的成就，有孩子的生日宴會，冬天滑雪，參加孩子的家長座談會。在一切中，最重要的是她自己扮演的角色：一個有能力處理並計畫一切，能溫和慈祥地引導並掌控全局的中心人物。但說到底，她最最期望的，不過就是希望自己不要像媽媽那樣，一切都要比她好。

在她二十歲到三十歲的這段期間，想要一個家的欲望不再像童年及青少年時期那樣強烈，而是沉潛於內心深處。這段時間，她忙著處理學業、工作以及感情。十八歲時她便離家，來到大城市裡讀大學，二十二歲認識薩瓦爾，隨即墮入愛河。兩年後兩人一起共築愛巢，當時她正沉浸於成爲教師的喜悅中，並不想太急著成家。但她從未懷疑過，終有一天，她與薩瓦爾必定會共組家庭。她想要孩子，想親自扶養他們長大，跟著他們一起融入週遭生活的脈動裡，這也是她一個人常常無法做到的。

在她三十歲後，想要孩子的欲望愈來愈強烈，並在接下來的幾年間，整個人的行爲及想法都被這個欲望綁架。薩瓦爾的反抗也愈來愈強烈，因他覺得自己還不夠成熟，不斷推拖，總安慰她等他有能力養家時，一定不會再反對。這段時間，她大部分的朋友都成家了，每年她總會收到不少訂婚、告別單身派對、結婚，或是新生兒的洗禮等等邀請。薩瓦爾總是一臉百無聊賴地陪坐在她身邊，他討厭這類場合，她則是一臉艷羨地看著人家，恨不得掏出自己的一切，跟新娘或是新生兒媽媽的對換身分。沒錯，她的願望很庸俗落伍，就只是希望能看到自己穿著白紗緩步走向神壇，帶著精緻的妝容，高挽著優雅的髮髻，穿著白紗手套捧著玫瑰，對著朋友燦爛地微笑。該死，這就是她的願望，那又如何？這不是每個女人都可能有的願望嗎？只是她知道，薩瓦爾會鄙夷地嘲笑她。

在她三十五歲後，她想要孩子想到覺得自己快瘋了。走在路上，騎車到學校，或者購物，到處都是小孩的身影跳進她的眼簾：兒童推車裡的嬰兒及小小孩，挺著一顆大肚子、滿臉自豪的懷孕婦人，還有她們身旁的男人，總在發現有人看他們時摸著女人的大肚子，露出一臉滿足的微笑。

薩瓦爾繼續頑固地反抗。當她停掉避孕藥後，他開始嚴格使用保險套。每次做愛，不管是在她經期前或後的第一天都一樣，總會強迫自己中斷。他不想發生任何意外，總會在最後一刻喘著氣從她體內退出，直起身來，像變魔術般拿出保險套，小心翼翼地穿戴上去。

瑪蒂達總是躺在一邊看著，對眼前這幕可笑的景像充滿恨意：薩瓦爾坐在床上，兩腿大開，強彎著腰，臉低低地朝下看，鼻子跟龜頭的距離不到二十公分，一臉專注忘我，不時緊皺著眉頭，有時甚至連舌尖都伸出來。有一回他正好感冒，鼻涕都流出來了，但戴好戴正套子是那麼重要，讓他無暇他顧，最終鼻涕不敵地心引力的吸引，落在戴著保險套的龜頭上。他手並不巧，每回戴個套子總要摸上半天，十年來，她都吃避孕藥省去他擺弄保險套的麻煩。但他何止不巧，根本就是手拙，對任何需要動手的勞動或技藝總是一籌莫展，他也常在朋友面前自嘲自己笨手笨腳。雖然如此他絕不中途而廢，總是小心翼翼套好保險套，從上到下毫無皺褶，避免發生鬆掉或甚至脫落在她體內的意外。等他滿意地套好後，他會轉過身，帶著一點尷尬的微笑，毫不浪費時間地挺進她的體內。而他到達高潮的時間，常常比他戴套的時間要短得多。

瑪蒂達開始翻找起家裡的保險套，打算一個一個用針刺破。這方法是她從電視上一個三流的鬧劇裡學來的。她翻遍了房子每一個角落，卻找不到任何保險套。這令她非常生氣，在這個房子裡，竟然還有隱密的角落是她這個女主人不知道的。每次他們做愛，薩瓦爾總有辦法拿出保險套，就像魔術師一樣，可以從任何地方變出兔子。

床上所有可以想到的把戲她也都試了，做出情難自禁的模樣，熱情如火地纏著他，試圖讓他無法脫身，來不及中斷直接在她的體內一洩如注。她用雙腳緊緊夾住他，但薩瓦爾這個一向隨興懶散的人，竟總是意志堅定地從她的禁錮中逃脫出來。

失敗後她開始想辦法說服他，說自己的手比他巧，他只要舒服地躺著，她會幫他戴好套子。她心裡打的算盤是乘機指甲劃破套子，爲此她還留了一陣子指甲。但不幸的，薩瓦爾根本不讓她有任何沾手的機會，彷彿他能看穿她的心思，或者從別的男人那裡受到啓發似的。

她的身體吶喊著想要懷孕。每到月經週期中間，她可以感覺到身體正在排卵，感覺那顆小小的濾泡長大成熟，下腹會不自覺地緊縮，乳頭異常尖挺敏感，時時想要做愛。她甚至夢見自己那三公分大，滑溜溜的卵，如何跟一隻小蝌蚪合而爲一。她還夢見自己大肚子，如何分娩，還有那個被人放在她懷裡，渾身黏稠的小東西。瑪蒂達夢見一個長得極像薩瓦爾的小男孩，從沙坑裡突然爬起來，衝到她身邊，髒髒的小手抱住她的大腿往上攀，急切地抱她，親她，跟說她是全世界最棒的媽咪。有時，她也會走進兒童遊戲區，看著母親及他們的小孩。有一回，她看到一個年輕漂亮的媽媽，帶著一個兩歲大的兒子，她突然激動起來，連身子都撐不住，只能在長椅上平躺下來。周圍的媽媽們全圍過來幫忙，她只能對著她們說謊，宣稱自己已有三個月的身孕。

每次只要月經遲來，她就以爲自己懷孕了。儘管希望微乎其微，但她總是不禁幻想，或許保險套破了，或許在戴套套前，已經有一隻特別機靈的精子游進她的體內。她站在鏡子前，摸著平坦的小腹，身體出現所有女人懷孕初期時該有的徵兆，像是突如其來的心悸，疲倦，小腹不斷收縮，反胃，以及乳房腫脹，並微微發疼。直到一切眞相大白，她會在潺潺的血流中，連著幾日陷入低潮，而薩瓦爾從未有過要安慰她的念頭。

十六年後，瑪蒂達與薩瓦爾重逢

薩瓦爾：「終於又見面了。哈囉，瑪蒂達。」

瑪蒂達：「哈囉，薩瓦爾。」

薩瓦爾：「妳看起來眞迷人！哇，妳整個人變了一個樣！」

瑪蒂達：「謝謝。進來吧，要咖啡嗎？」

薩瓦爾：「好啊。」

瑪蒂達：「一路都還好？」

薩瓦爾：「還不錯，沒什麼車。妳住這裡多久了？」

瑪蒂達：「十五年了，等等——從一九九七年十月起。」

薩瓦爾：「這房子眞是漂亮。」

瑪蒂達：「你認不出來了？」

薩瓦爾：「我認得這房子？」

瑪蒂達：「這是瑪莉亞姑姑的房子，她死後傳給我。你不記得她了嗎？我們曾來這裡拜訪過她。」

薩瓦爾：「就是這裡？」

瑪蒂達：「沒錯，就是這間房子。幾年前我重新將它改建過，我不想一直想起那個老婦人，以及她那段不幸的感情。你想到處看看嗎？」

薩瓦爾：「好啊……這眞是太令人驚豔了，每個房間都又大又明亮，妳最重視這點！布置也都很有品味，這眞是一間舒服的房子。」

瑪蒂達：「房子就像人的第二層皮膚，你記得嗎？」

薩瓦爾（笑）：「而車子就只是個工具而已。」

瑪蒂達：「明天再帶你看看地下室跟避難室，現在先喝咖啡。」

薩瓦爾：「避難室？」

瑪蒂達：「瑪莉亞姑姑在車諾比核災發生後便蓋了一座避難室。她對這個事件的發展相當緊張，成天揹著蓋革計數器到處探測輻射值，新聞報出車諾比事故那天，她立刻開車到超市，掃光所有牛奶製品，搬回家凍在冷凍庫裡保存。」

薩瓦爾：「嗯，咖啡很好喝……爲什麼要這麼做？」

瑪蒂達：「因爲乳牛之後只會吃到受輻射汙染的草……要蛋糕嗎？」

薩瓦爾：「要，謝謝。我的天，這也太誇張了。」

瑪蒂達：「她自己設計避難室，然後請人來蓋，挖土施工花了整整一年的時間，鄰居全都覺得她瘋了。她沒忽略任何細節，這座避難室一點都不黝暗窄小，而是一座眞正房子，只是埋在地底下而已：有玄關，有客廳兼廚房、臥室、浴室，還有完備的電源系統。因此車諾比之後沒再發生任何核災事故，也令姑姑非常失望。」

薩瓦爾：「瑪莉亞姑姑那段不幸的感情是跟誰？」

瑪蒂達：「你眞的想聽這個故事？」

薩瓦爾：「當然！」

瑪蒂達：「她是在九六年的聖誕節時告訴我。那天雖然是十二月二十五日，但陽光普照，所以我們還是坐在露台上吃飯。整個花園都被雪蓋住了，只有一朵玫瑰兀自綻開。眞的，就像通俗小說描寫的場景。姑姑擺出自己烘的餅乾跟茶，茶具想必是超過百年的骨董。整個場景讓我覺得非常超現實，這麼久以來，我第一次覺得舒服，自從……」

薩瓦爾：「這蛋糕眞的很好吃……繼續，妳說她愛上誰？」

瑪蒂達：「大戰後，她已二十四歲，認識一個叫尙的法國駐軍。尙是醫學系學生，出身尼斯著名的醫學世家。他們在一起超過四年，瑪莉亞姑姑計畫跟他回他的家鄉，尙則向軍中提出退役申請，回去的日期與行程都訂好了。在約好來接她的那個晚上，她在父母家的花園裡，坐在自己的行李上等他，左鄰右舍全躲在自家窗簾後偷看她，整個晚上，尙都沒出現。」

薩瓦爾：「再也沒出現？」

瑪蒂達：「對。隔天早上瑪莉亞姑姑找到他的朋友及同事，他們都說尙在預定離開的前一天突然匆匆忙忙地走了，理由是父親突然病重。」

薩瓦爾：「她後來有寫信給他嗎？」

瑪蒂達：「寫了許多，可是他都沒回信。」

薩瓦爾：「她爲什麼沒追過去？」

瑪蒂達：「我也該這麼做嗎？」

薩瓦爾：「瑪蒂達……」

瑪蒂達：「怎樣？」

薩瓦爾：「我們的情況不一樣。」

瑪蒂達：「是嗎？爲什麼瑪莉亞姑姑就該追過去？尙明顯不想跟她共度一生。」

薩瓦爾：「眞感傷的故事。你們從前不知道嗎？」

瑪蒂達：「不，爸爸從未跟我們提過。瑪莉亞姑姑後來開了一家服飾店，她本來就是裁縫，從此服飾店的顧客就是生活的全部，她再也不曾談戀愛，搖身一變成爲強悍富裕的職業婦女。」

薩瓦爾：「妳也繼承了她的財產嗎？」

瑪蒂達：「沒，她的錢都捐給ＳＯＳ兒童村，只留下這間房子給我。我可以告訴你，我沒有因此變成有錢人，整修改建房子的貸款至今尚未繳清。」

薩瓦爾：「爲什麼她把房子留給妳，而不是留給她同住在這個城市的朋友，或是忠實的員工？妳們之間並不熟啊，這一生中妳見過她幾次？不到十次吧？」

瑪蒂達：「可能她覺得自己跟我同病相憐吧，我們同樣都是被人拋棄……無論如何，在我最後一次拜訪她的兩個月後，她就去世了。死去時她正在吃早餐，就像睡著一樣安詳，她臉上化了妝，還穿著最美的套裝及高跟鞋。鄰居正好過來找她，她們約好要一起上髮廊。」

薩瓦爾：「優雅的死亡。」

瑪蒂達：「代書告知我姑姑的遺囑後，我馬上就知道自己絕對不會賣掉這棟房子，我確定我要在這裡生活，因此趁著復活節假期就搬過來了。」

薩瓦爾：「然後妳馬上在這裡的中學找到教職？」

瑪蒂達：「對，馬上。這是間好學校，同事也都很友善，我很喜歡在這裡工作，明天你就可以親眼見到了。所有德文老師都對你非常好奇，參加寫作工作坊的學生也很興奮能見到你，幾乎大家都讀過我們的三部曲。」

薩瓦爾：「我們的三部曲？」

瑪蒂達：「《天使之翼》、《天使之童》、《天使之血》。」

薩瓦爾：「對了，壁爐上那個眞的是一把槍嗎？」

瑪蒂達：「是的。」

薩瓦爾：「爲什麼妳家裡有槍？這附近不安全嗎？」

瑪蒂達：「不是，那把槍是姑姑留下來的。你想拿來看嗎？訂婚時尙送給她的。清理遺物時我實在捨不得丟掉，除了幾張照片之外，尙留給瑪莉亞姑姑的，只有這把手槍而已。姑姑視它如珍寶。」

薩瓦爾：「什麼樣的槍？」

瑪蒂達：「華瑟系列九號。」

薩瓦爾：「那個男人在訂婚時送未婚妻手槍？」

瑪蒂達：「對，姑姑自己不想要戒指，要華瑟手槍。從前有個忠貞的納粹分子追求過她，後來她和占領守軍在一起，便跟蹤威脅她。因此她跟尚說：『千萬不要送我戒指，我要一把華瑟手槍。』這把槍給她安全感。」

薩瓦爾：「妳拿著手槍的樣子真詭異。實在太違和了，不，嗯，其實一點都不違和，只是完全變了個人，像是復仇女神的化身。說真的，妳完全變了。」

瑪蒂達：「你拿拿看。」

薩瓦爾：「不，謝了……妳會對我開槍報復嗎？」

瑪蒂達（笑）：「我應該這麼做嗎？」

薩瓦爾：「妳姑姑一定用過這把槍。」

瑪蒂達：「或許她在地下室紮了個像尚的稻草人猛射。」

薩瓦爾：「我相信她真的對他開過槍，還殺死他。她等他的回信等了一年，便搭火車到尼斯。在深夜裡來到他家，按鈴，他披著紅色絲緞的晨袍開門，她對他開槍。她打扮的跟蒙面俠蘇洛一樣，穿著長大衣，戴著黑色大盤帽。沒人看到她，開槍後她立即搭上下一班火車回到奧地利。這件在尼斯發生的凶殺案成爲懸案，至今無解。妳應該好好查一下資料。」

瑪蒂達：「這能成爲你下一部小說。對了，你下部小說打算寫什麼？我太想知道了。」

薩瓦爾：「用一個故事交換。」

瑪蒂達：「像從前一樣？」

薩瓦爾：「像從前一樣。我告訴妳我的小說，妳也跟我說個故事。妳腦袋裡有現成的故事嗎？」

瑪蒂達：「早就有了。」

薩瓦爾：「太好了，妳先開始。」

瑪蒂達與薩瓦爾

一九九四年五月二十三日，正好是他與瑪蒂達在一起滿十四週年的日子。這天，在薩瓦爾爲了是否要小孩的問題跟瑪蒂達吵一架，繼而喝得半醉後，他在記事本寫下這篇文字：

「每個月總有那麼一個星期，她隨時都想跟我做愛，在這個星期裡，她就像變了個人似的，快活，熱情，對一切充滿好奇，總膩在我身邊撒嬌，打扮異常性感，做愛時非常配合，能接受任何稀奇古怪的姿勢，就連平常會令她覺得難堪的姿勢也無所謂，在這種情況下，我也不想潑她冷水，當女友努力扮演好床伴的角色時，我當然會覺得很受用，眞難想像，想要孩子的欲望竟然可以讓人做出那麼多匪夷所思的事，我才不要一夫一妻，跟一個人在一起七年後，週末做愛都顯得可笑，兩張熟悉的老臉孔面面相覷，只因剛在高聲呻吟假裝高潮後，還眞有了高潮，冰冷的啪啪撞擊，既窩囊又毫無結果，不，有時還是會有結果的，就是繁衍後代，不過我知道如何避免，我不要繁衍後代，我不想十八年甚或更久像顆螺帽一樣釘在那裡，我才不要爲別的生命負責，我連爲我自己都負責不了，連對鼻毛都無法負責，只能任由它不斷冒出來，瑪蒂達倒是很想替別人負責，她的生命建築在責任感上，只想跟我要個小孩，她覺得有孩子生活才會充實，充實的生活，多可怕的字眼，彷彿要人在裡頭窒息似的，那些人實在有夠可憐，那些相信人類應該活得幸福充實，一天到晚都一副樂觀進取的模樣，所作所爲都是爲了告訴別人：看，我多能幹！看，我多積極勤奮！這些活力充沛的超人，成天到處展示自己有多棒多厲害，任何事情手到擒來，管它工作或家庭，一手就可包辦，超會煮飯，超健美，超多朋友，從不寂寞無聊等等，半瓶水永遠裝滿半瓶，而不是半空，沒錯，這是什麼鬼話！一定是那些積極進取者發明出來質疑厭世者的說法：你們到底爲什麼只見到半瓶空呢？我超想拿那把瓶子敲破這些人的腦袋，這些粉飾太平的大師，我無法對生命粉飾太平，生命之於我，就是它該有的模樣，悲慘且毫無意義，我不熱愛生命，我只是忍受它，讓我得以寫作，但我也從未有過自殺的念頭，幹麼要痛苦地結束一些你毫不重視的事？生命爲什麼這麼令我作嘔？因爲沒有別人就不可能有生命，這就對了，人實在有太多的人性需求了，這點令我不齒，幹麼要有這麼多的人性需求，爲什麼不能簡簡單單當個人就好，就像瑪蒂達吧，老喜歡在我刷牙時坐在旁邊的馬桶上大便，每一次，我走進浴室，拿起牙刷，她就鑽進來坐在馬桶上，老神在在地開始上她的大號，手上捧著報紙，臉上一抹滿足的微笑，對她來說這是我們之間親密關係的證明，對我來說則是瘋狂，就像母親在我面前拿下假牙清洗，簡直令我作嘔，或是隔壁那個胖女人，看到她提著重物吃力地爬樓梯，腋下一片濕漬，又喘又咳地吐出綠色的痰，我簡直想掐死她，還有瑪蒂達拖我去醫院，探訪她那位癌症末期的學生，光頭，瘦到只剩皮包骨，臉色焦黃，雙眼充血地躺在我面前，或是讀到報紙上那些虐待戰俘的報導，我總有寫信給梵諦岡的衝動要求赦免所有罪惡，他們撒了千年的謊，宣稱有個善良且公義的上帝，就像小學裡宗教老師教的：『世上所有好事都是上帝所為，所有壞事都是人類自己得負責』，告訴小孩人類只會做壞事，根本就是鬼話連篇，祂把我們造成這副德行，一堆瑕疵，一堆所謂的人性，連大自然都有人性，有龍捲風、雪崩、地震、水災，有時我躺在草地上，一堆可怕的昆蟲爬過我的身子，我總會想，其實我們該用水泥把整個大自然封起來，我常夢到有一天醒來，發現全世界只剩下自己一個人，那樣的話我不僅是全世界唯一的人，還是整個地球上最快樂的人，我才不怕寂寞，恰恰相反，我會到處亂走，闖進每個空房子裡翻箱倒櫃，拿著人家的照片看圖說故事，想像他們的生活，發展各種情節，我不需要人，但我需要人的故事，沒有故事我就沒有題材可以寫作，所以說，沒有人就沒有故事，沒有人也就沒有讀者，很合理，那又該怎麼辦？最好是有上百萬的讀者住在另一個星球上，我一個人獨自在地球上遊蕩，到處翻看別人的生活，寫出一本又一本的書，接二連三地傳送到各個人類聚居的星球上，『可以傳上去了，史考特先生』（註），然後再傳送一堆食物跟衣服給我，自然是好吃的食物及漂亮的衣物，半年後還會傳送一個女伴過來給我，半年

註：出自星艦迷航記。

沒有窩囊的啪啪啪也是夠了，這個女伴完全符合我的口味，我要叫她星期五，雖然她是在星期二送來的，我變成了摩登魯賓遜，星期五有一頭金色大捲髮，長度直到腰，身子裡藏著幾顆按鈕，按下去會改變她的個性與外形，選擇範圍可以從完全靜默到具有進行深度對談的能力，從色情片女優到柔貼順從到貞潔害羞，至於外表，印第安女人、愛斯基摩女人、印尼女人、愛爾蘭女人、芭比娃娃，什麼都可以，瑪蒂達沒有按鈕，她就是她，沒法按照我的意願改變她的外形，十四年來總是同一個髮型，只有髮色些微的改變，桃花心木紅，櫻桃紅，紫紅，指甲花紅，玫瑰紅，咖啡紅，酒紅，銅紅，到底哪種男人會覺得紅色系迷人，我又爲什麼留在她身邊？一開始我被她源源不絕的愛意打動，後來則是她的精力，她的能幹，對，她整個人就是能幹的化身，永遠有事可做，有段時間，我深深著迷於她的能幹，把她當成自己的偶像，但現在我覺得擺出『喏，我知道生命中最重要的東西』的姿態實在太累人了，其實我什麼都不知道，有段時間我眞想知道，現在不想了，那種意在不言中的故意展露，我就是比你能幹，其實說穿了還不就是錢，她賺夠多的錢，能付全部帳單，可以花錢渡假，能幹的人就是錢賺得多的人，我到底愛不愛她？我不知道什麼是愛，僅管這種說法很可笑，但我眞的不知道，愛到底是什麼感覺，不過我或許知道，有一次，我眞實地感覺到愛，但那已經是很久以前的事了，那回在柯西嘉島露營，有個晚上我們在沙灘上升火，那個彈吉他的老男人，還有大約十個人過來跟我們坐在一起，突然間瑪蒂達站起來，在《跳華爾滋的瑪蒂達》歌聲下起舞，〈跳華爾滋的瑪蒂達，跳華爾滋的瑪蒂達，你帶著跳華爾滋的瑪蒂達跟著我來吧，在等水燒開時他看著唱著，你帶著跳華爾滋的瑪蒂達跟我來吧〉，她有點醉了，眾目睽睽下起舞，只穿著件內褲，那時候，瑪蒂達看起來好美，我多希望她能常常這樣大膽無畏地拋開一切束縛，我感覺到內心一把火燒了起來，炙熱且刺痛，知道她是我的感覺眞好，這首歌結束後她奔向海裡，又回來一把拉我過去，在別人的歌聲中，我們急切地愛撫著，回到帳篷後我們激情的做愛，或許，我曾經知道，什麼是愛。」

瑪蒂達與薩瓦爾重逢前彼此交換的電子郵件

寄件日期：二〇一二年一月十六日
寄件者：薩瓦爾・桑德

收件者：M. K.

親愛的瑪蒂達：

讓我們繼續寫信，告訴對方彼此的事吧。就算回憶過往時光也好，雖然我比較想知道現在的妳。讓我們一起敘述，一起回想，隨便什麼都好。好久沒這麼做了，一定會很有意思的，妳覺得呢？

薩瓦爾

寄件日期：二〇一二年一月十七日

寄件者：薩瓦爾．桑德

收件者：M. K.

瑪蒂達？瑪蒂達？妳還在嗎？

寄件日期：二〇一二年一月十八日

寄件者：薩瓦爾．桑德

收件者：M. K.

我覺得自己就像《摩登原始人》裡的弗萊德，站在岩石洞穴前，焦急地搥著石壁，用盡全身力氣大吼「威瑪！」：瑪蒂達——蒂達——蒂達！

別這樣，不要那麼硬心腸嘛！寫信給我，告訴我妳過得如何，妳成家了嗎？我真的很想知道。

因好奇飽受煎熬的薩瓦爾

寄件日期：二〇一二年一月十九日

寄件者：M. K.

收件者：薩瓦爾．桑德

那時你難道不擔心我去控告你嗎？你真能安心過著你的新生活？

（六分鐘後）

寄件者：薩瓦爾・桑德

收件者：M. K.

我為什麼要擔心妳控告我？就因我結束了跟妳的感情？這也太荒謬了！

我們曾經有過一段美好時光，但總是有結束的一天，最後半年我們幾乎從不講話，也幾乎成了陌生人，不是很明顯嗎？我們都需要一個新的開始，妳也一樣。

薩瓦爾

寄件日期：二〇一二年一月二十日

寄件者：M. K.

收件者：薩瓦爾・桑德

薩瓦爾：

我們之間不是單純的男女關係——當然也是，但是我們的情況更複雜些！我們在男女關係之外還存著某種「交易關係」，或說「協約」。妳心知肚明，否則不會那樣偷偷失蹤，而是光明正大地跟我分手。這可是有很大的差別：分手，必須**在離開之前告訴**對方。

（兩分鐘後）

寄件者：薩瓦爾・桑德

收件者：M. K.

我完全不懂妳說的「交易關係」還是「協約」是什麼意思？

寄件日期：二〇一二年一月二十一日

寄件者：薩瓦爾・桑德

收件者：M. K.

請回答我！到底「交易關係」還是「協約」是什麼意思？

（五分鐘後）

寄件者：薩瓦爾．桑德

收件者：M. K.

妳指的是錢嗎？

寄件日期：二〇一二年一月二十三日

寄件者：M. K.

收件者：薩瓦爾．桑德

我從來就不像你，只在乎錢跟成名，從不！你知道我要什麼。你答應過我，就在那個晚上，在我們慶祝出版社決定出版我們的書時。天使三部曲是我們一起寫的，但因出版社的緣故，我答應放棄共同作者的身分。但我跟你要了別的東西，我們擊掌，並以吻爲誓，這就是我們的契約！對我而言，那不是一場普通的分手，而是你單方面懦弱的消失，以及「毀約」。

寄件日期：二〇一二年一月二十四日

寄件者：薩瓦爾．桑德

收件者：M. K.

我模糊記得那個晚上，我們是不是喝多了？我記得我們之間的對話根本與「交易協約」扯不上關係。況且那個晚上之後，我們之間還發生很多事，讓我不得不做出分手的決定。

寄件日期：二〇一二年一月二十五日

寄件者：M. K.

收件者：薩瓦爾．桑德

那晚之後我們還有什麼事發生？你遇見你妻子了？你什麼時候認識她的？那晚之前還是之後？

（二十分鐘後）

寄件者：薩瓦爾·桑德

收件者：M. K.

她早就變成我的前妻了，我也早就不記得自己什麼時候認識她的，事情都過去這麼久了，一點都不重要了，我們就別再針對往事追根究柢了。

薩瓦爾

P. S.：妳結婚了嗎？有小孩嗎？

寄件日期：二〇一二年一月二十七日

寄件者：M. K.

收件者：薩瓦爾·桑德

對我來說卻很重要。你無法想像我如何飽受折磨，在你離開我幾個星期後，我才知道你一離開就馬上搬進她家。我很想知道，你到底什麼時候認識她，什麼時候開始在一起。敘述及回想往事是你的提議，而且，我覺得你欠我一個解釋。

瑪蒂達

（四分鐘後）

寄件者：薩瓦爾．桑德

收件者：M. K.

好，我會詳細告訴妳，不過現在我得離開了，祝妳有個美好的夜晚！

薩瓦爾

P. S.：我很高興能再次與妳見面！一開始我想建議彼此互傳最近的照片，但我現在覺得，我不會傳照片給妳，也不想看妳的照片，就讓我們保持緊張刺激的好奇心吧，三月因斯布魯克見！

瑪蒂達與薩瓦爾

一九八〇年五月，瑪蒂達在大學一堂關於世紀之交文學史的課堂上，認識薩瓦爾。那天天氣很熱，五號講堂裡悶熱不堪，上課一開始，紅頭髮的教授便不安地表達歉意，雖然教室空調壞掉，他還是不能取消這堂課。瑪蒂達的T恤和牛仔褲黏在身上，汗珠從腋下一路流到腰間，她眞想把運動鞋脫掉，又怕自己的腳一但跟鞋子分開，便會傳出臭味。

她總害怕自己身上有臭味，不只害怕嘴巴、腳丫還是私密部位會發臭，更怕全身皮膚都透有霉味，令人退避三舍。這種恐慌有如精神官能症，總特別選在她身處大講堂中時發作，令她恍如身於噩夢之中：她坐在講堂中，身邊的同學全都掩住鼻子，嫌惡地看著她，然後一個接著一個離開教室。她很清楚自己爲什麼會有這樣的恐慌，因爲她害怕自己擺脫不掉那股臭味，在她從小長大，狹小擁擠的社會住宅裡沾染上的惡臭氣息。

就在教授對著精心寫下的講稿，完全照本宣科地朗讀了十分鐘後後，教室門突然打開，一位身形高大，有著深棕髮色的男同學匆匆走進教室。瑪蒂達立刻被這個人吸引，忍不住盯著他看。德文系裡的男同學本來就不多，且多半不是她所欣賞的類型，造型甚至有些古怪：他們總喜歡穿著黑色衣物，一把大鬍子加上披肩的長髮，罩著一件及地的長大衣到處走。眼前這個男生卻是再正常不過：綠色素面T恤，上面沒有任何文字，牛仔褲、白球鞋、沒有背包，也沒有手提袋。

他擠進她這一排座位，留了一個空位在兩人之間，一屁股坐下，一邊對她微笑，而她瞪著他的酒窩久久不能自持。過了一陣子，就在教授講述史尼茲勒劇作《輪舞》時，他朝她傾過身子，低聲問道：「可以借我紙跟筆嗎？」

「當然可以。」她低聲回道，一邊在手提袋中翻找，教授突然停止說話，朝著她的方向看過來。瞬間，瑪蒂達只覺臉上一陣燥熱，她拿出紙筆朝他遞過去，他手忙腳亂地接過，開始寫東西。他只是聽課，一邊用手指在桌上敲著，搞得她神經緊張。儘管知道六月初就可以在系辦買到教授授課的底稿，但她還是低頭奮力疾書。

下課後他將筆還她，一臉燦爛地謝謝她，並問她願不願意一起去學生餐廳吃飯。她毫不猶豫地說好，說完卻又馬上擔心起自己是不是答應得太快了。幾分鐘後，他們面對面坐在一間冰冷的大廳裡，吃著毫無味道的牛柳，聊天聊得相當起勁。他興致勃勃地告訴她，史尼茲勒的愛情輪舞情節安排是如何的精巧，他認爲這是第一部現代戲劇的劇本，所以他得提筆記下來，至於其他的作家及創作，他就完全沒興趣了。瑪蒂達兩眼盯著他看，不時將老是垂落在臉上的髮絲拂開，暗自祈禱他能看上自己。

「內容其實很簡單，不是嗎？五男五女排列組合成十個場景，阿兵哥與妓女，阿兵哥與女僕，女僕與少爺等等，妳一定比我清楚。光是這樣的結構就很厲害了！總是一個誘迫另一個性交，結束後又急不可待地離開。一切全憑藉對話形式輕巧且精確地展開，實在太精采了，每個角色都那麼鮮活易辨，每一句對話都充滿了戲劇性！」

這位男同學叫薩瓦爾．桑德，出身上奧地利邦的一個小地方，離維也納三小時的車程，與她一樣二十二歲，兩人甚至出生在同一個月分：一九五八年三月。他主修德文及哲學，但不常到學校，因爲他看不起系上所開的課程，與一位同學合租一間兩房公寓。在兩人第一次共進午餐的時間裡，瑪蒂達就只知道這些。

就在兩人面對面坐著聊天時——其實多半都是他在講話，她側耳傾聽——事情就這樣發生了：她愛上他。打一開始，瑪蒂達便深深地迷上他，無法自拔，像是內心某一處的開關

「喀」一聲地打開了。他坐在她面前，神采飛揚，古銅色般的皮膚，一頭深棕色濃密的凌亂捲髮，像是需要修剪，碧綠色的眼睛，還有腮邊的酒窩，談到文學便兩眼發亮，這種熱情是她所欠缺的。

她之所以選德文當主修，只是因爲自己喜歡看書，而且也想不到還可以選什麼當主修，況且中學時她的德文成績總是不錯。除此之外就沒有什麼其他的動機，而這也夠讓她讀完大學。她的第二主修選英文，因爲中學時曾有兩個老師說，選一個外文當主修比較容易申請到教職。

吃完飯後，他們在街上閒晃了一個小時，一邊繼續聊天。兩人靠得很近很近，有一段時間，她完全忘記滿頭大汗，被汗水浸濕的衣服，以及發臭的鞋子，直到她突然又感到炎熱，才悄悄地與他拉開距離。告別前，薩瓦爾親她的臉頰並問：「明天一點學生餐廳見？」她點點頭，一股熱血衝上腦門。

回到家後，瑪蒂達發現室友並不在家，她興奮地高聲尖叫，打開收音機，脫下衣服。她站在鏡子前打量著自己的裸體，對一個女人來說，她長得太高，肩膀太寬，大腿太粗，標準的梨形身材：胸部太小，臀部太大。她常希望自己能長得嬌小一點，身材多一點女人味。不過，她對自己的臉倒是挺滿意的。至少，她覺得自己面相端正，眼睛鼻子嘴巴都不大也不小，淺棕的髮色有些無聊，不太有個性，且帶著點灰燼似的色調，這一年來，她總是將它染成桃花心木紅。

站在鏡子前，她深切期盼那位名叫薩瓦爾．桑德的男同學會喜歡這具胴體。接著，她做了一件自己從未做過的事：赤裸裸地隨著收音機裡的音樂跳起舞來，走進浴室在蓮蓬頭下高聲唱歌。這一天一直要到晚上，她才開始整理課堂筆記。

兩人在一起後，薩瓦爾也總愛說自己對瑪蒂達是一見鍾情，借筆跟紙只不過爲了製造搭訕的機會。在他坐進與她同一排位子時，她的眼睛及神采便深深吸引住他。但後來瑪蒂達相當懷疑這種說法，她相信他只是看出她很適合當他的支柱，他選擇她，只是爲了在接下來幾年的困頓期有個依靠，因爲在接下來的幾年間，薩瓦爾的確是在職業發展及金錢上陷入困境。在他與她一起共進午餐時，他就已經知道自己即將面對的難題，只是沒想到會那麼糟。有一次在他們爭吵時，瑪蒂達當著他的面說，他只是需要一個人來「照料」他的生活起居。當時他們已經在一起超過十年了，薩瓦爾當然矢口否認。

薩瓦爾是個作家，或者應該說，他想成爲一個作家。在他認識瑪蒂達時，正著手撰寫第一本小說。一年前，他在大學學生報上發表了一篇短篇小說，被一家出版社相中，鼓勵他改寫成長篇小說。因此這一年來，他每天都花好幾個小時的時間坐在書桌前，寫一個關於尋覓的故事：一個男人多年來不斷找尋一位大他七歲的女人，最後終於找到她。她是他十七歲時，在科西嘉島東邊海濱露營區裡第一次做愛的對象。小說名稱暫定爲《追尋者》，當時薩瓦爾正在寫它的結局。

瑪蒂達在第二次與他共進午餐時知道這件事時，簡直不敢相信自己竟然這般好運：她認識一位眞正的作家，而且這位作家還對她有意思。

瑪蒂達說給薩瓦爾聽的故事

有時，在我跟他在一起時，他會突然發作起來：全身不自主地抽搐，緊閉的嘴巴發出嗷嗷氣音，全身虛弱到無法撐住，只能倒在地上，這時我得注意別讓他撞到頭。對於這種發作前兆，我已經很熟悉，也能及時反應了。有時，我還能讓他泡澡，遏止病發。對他而言，水有安撫的作用，他會閉著眼睛，像死去那般地躺在浴缸中，全身鬆軟無力。若是無法避免，一旦發作時，他會躺在地上，手腳僵硬，眼睛翻白，嘴角流出口水。我總是塞一把木勺在他嘴裡，避免他咬傷舌頭。

五個月前，他咬破舌頭，血流如注，並且紅腫數日，我都怕他因此無法呼吸。每次呼吸時，他都會努力以鼻子吸氣，再費勁地從嘴巴呼出，並不時憂心地用手摸嘴唇及舌頭。

一年半前他開始發病。當時我們正在吃晚餐，他手上的叉子突然掉下去，頭及四肢開始不由自主地抽動，最後跌下椅子。我嚇得要死，在這一生中我從未如此驚慌無助。我不知道自己該做什麼，我以爲他會死掉，就在我面前，在廚房地板上。他健壯的身軀只是不斷地痙攣，就像有人突然侵入他的身體一樣，像奇幻故事裡的角色那般。雖然發作只持續了約十五分鐘，對我來說卻是漫長得毫無止境。我躺在地板磁磚上，設法抱住他，企圖以擁抱及撫摸令他放鬆四肢。在短短的幾分鐘裡，我感到自己從未如此愛過他。當一切都過去後，他疲憊無力，全身蜷縮著，並劇烈地喘氣。一開始，他的眼睛只是無神地瞪著遠方，不久即驚恐地四下張望，像是完全無法理解自己的身體到底出了什麼事。最後他躺在床上好幾個小時，一動也不動。我用盡各種方法，也無法勸他起身。

瑪蒂達與薩瓦爾

他們每天都見面。一星期後，他第一次在她家過夜，隔天早上，他們成了一對情侶。

他是她第一個眞正的男友。中學最後一年，她迷戀上一個年輕的音樂老師，但他對她的迷戀毫無反應。在維也納大學的第四個學期，她二十歲，覺得自己已是個老處女，渴望找個男人上床。在一次派對上她喝得有點多，大膽地跟一個年輕害羞的男生攀談起來，這男生已經偷偷注意她一個多小時了，不時以溫柔的眼神看著她。那夜在她的房裡，他費盡力氣才讓她破處，他自己也沒有經驗，滿頭大汗地忙了大半天才成功進入她的體內。而瑪蒂達只覺得這一生從來沒這麼疼痛過，不自主地高聲尖叫。一小時後，那個名叫馬汀的年輕男生驚魂未定地離開她家，她則失望地坐在染著血漬的床單上。在這之後的半年內，兩人斷斷續續地見面上床，儘管做愛不再那麼疼痛難忍，但她也從未眞正享受過。對他，她實在無法產生感情，最後決定結束這段關係。一年半後，她認識薩瓦爾，便如遭雷擊地愛上他。

幾個月後，在一次偶然的機會裡，她翻看了薩瓦爾的日記本，發現裡面並沒有太多關於他們之間的紀錄。日記裡多半是薩瓦爾臨時想到的主意與念頭，稱爲記事本還比較恰當。一時之間，瑪蒂達心中突然湧出強烈的渴望，希望能找到他讚賞她的片段。但同時她知道，這是不可能的事。關於他們的相遇，他只是簡短地寫道：「一切都很順利，沒有什麼驚奇，也不怎麼熱切，沒有相思之苦，也沒有浪漫的追求，不翹首以待，也不提心吊膽。我們都不再是十七歲的慘綠少年了，我們知道自己要的是什麼。」

可是，對她來說卻不是這麼一回事。在這一個跟薩瓦爾首次共度的春天裡，她每天猶如生活在雲端，但同時總是忐忑不安。她是這般地愛他，以至於前幾個星期幾乎吃不下也睡不著。會維持多久呢？她總不免要問自己，他什麼時候會突然消失？沒來由地，她感到異常自卑，只能努力壓抑不顯露出來。每一次見面她都會緊張到發抖，儘管離上回見面不過幾個小時而已。有時，她覺得這樣的日子實在太難熬了，她多希望自己能夠放輕鬆一點，多享受生活。她希望在各方面都能取悅他，卻無法知道自己是否眞能做到這點。他從不讚美她，從不對她發表的意見表示佩服。他像是理所當然地接受他們的關係，讓她常常覺得自己能被輕易地替換掉。他總是那麼輕鬆那麼酷，或至少忙著讓自己看起來那麼輕鬆那麼酷。

當時，瑪蒂達跟一位名叫卡琳的室友同住在一間兩房公寓，約會時薩瓦爾通常會來她這裡過夜。每次他來之前，瑪蒂達總要花上一個小時，想盡辦法讓房間、晚餐，還有她自己看起來整齊乾淨但不刻意，要顯得輕鬆自在，絕不能規規矩矩，薩瓦爾討厭規矩。

她荒廢課業好幾個星期，心裡眼裡只有他，完全無法專心念書。兩人在一起的時候，她留意他的一舉一動，記住他講過的話。她希望自己能在最短的時間內了解他的一切：他喜歡聽什麼音樂，喜歡看什麼樣書，有什麼樣的夢想，想要什麼樣的生活。還有最重要的：他夢想中的完美女人是什麼模樣？爲了讓自己有所準備，她要知道他的全部。

兩人剛在一起時，因她總是飢腸轆轆，因此無法入睡。她會輕輕地挪身至床邊，悄悄觀察他：他多半仰睡，頭歪向肩膀一側，呼吸沉穩平靜。她喜歡觀察他的睡容，在這一刻中，她絲毫不覺自己的卑微，她愛他愛得如此深刻，愛得全身發痛。她愛他，也愛自己如此愛他。她是這麼地愛他，愛到時時忘記自己。

十六年後，瑪蒂達與薩瓦爾重逢

瑪蒂達：「對我來說一開始一點都不美，只覺得壓力很大。我也不知道爲什麼會這樣。爲了讓你對我留下印象或者讓你喜歡我，這些都帶給我極大的壓力。有一次，我站在店裡絞盡腦汁地想，到底該買什麼菜做晚餐。又是義大利麵嗎？然後我選了兩瓶紅酒，選了各種法式乳酪，全麥麵包，還買了葡萄，花了一大筆錢。當時還是學生，我實在沒什麼錢。回到家後我把所有東西都擺在桌上，做出一副再普通不過的模樣，你也沒說什麼便開始大吃。」

薩瓦爾：「天啊，瑪蒂達，妳總是這樣！妳可以直接告訴我你花了多少錢，請我付一半。同學之間不是都會這麼做嗎？」

瑪蒂達：「如果眞的都會這麼做的話，爲什麼你自己沒想到要付一半的錢？我當時太害羞，也可能太過矜持，根本不敢跟你要錢。」

薩瓦爾：「現在換我想回到過去重來一次了：我按鈴，妳打開門，如往常一樣剛洗完澡，頭髮微濕，嘴唇塗滿了亮晶晶的粉紅護唇膏。妳會穿著一件看起來很舒服的牛仔褲，還有黑色胸罩，我一把抱住妳，與妳親熱了三分鐘，正當妳的室友——她叫什麼名字？」

瑪蒂達：「卡琳。」

薩瓦爾：「正當卡琳帶著一臉賊笑快步經過我們身邊。接著，我注意到桌上擺得滿滿的東西：兩瓶紅酒、各種法式乳酪，全麥麵包，還有草莓。」

瑪蒂達：「葡萄。」

薩瓦爾：「還有葡萄。我大叫：『親愛的，這眞是太瘋狂了！』然後從褲袋拿出錢包，打開找出一張一百元的紙鈔，塞進妳的黑色胸罩裡。妳的乳頭因此硬挺了起來，我們匆忙進了臥室，瘋狂地做愛。直到午夜，我們才再次回到廚房餐桌，盡情享受美食。但葡萄已被卡琳吃光了。」

瑪蒂達（笑）：「你眞愛說笑。」

薩瓦爾說給瑪蒂達聽的故事

我的小說標題暫定爲《不要離開我》，內容主要是講我外公李察．桑德一生中的兩年經歷：從一九一八年十二月，他從美國回來，幫家人重建家園，一直到一九二〇年十二月，他第一次在自己的房子裡跟懷孕的妻子一起慶祝聖誕節爲止。所有之前發生的事，都會以倒述的方式出現；之後發生的事，只會簡短提到，結局則是開放的。

瑪蒂達：「我討厭開放式的結局，它一點都沒辦法滿足讀者。」

薩瓦爾：「它能讓讀者浮想聯翩。」

一九一九年十月二十七日這個星期天早上，李察站在正在重建的老家前，原來的房子已被大火燒毀。此刻他非常茫然，不知該如何是好。他該留下來嗎？留在家鄉穆爾區，接手這棟房子，以及父親的製鞋廠，肩負起照料年邁的父親及年幼的弟妹，然後將安娜娶進門，那個溫柔沉靜的安娜。離家前，她不過是個十四歲的小女孩，現在已經成熟到能跟他示愛了。或者，他該離開？再去美國，回到密爾瓦基。他在那裡住了十年——是自由快樂的十年，也是思念家鄉及親朋好友的十年。但在那裡，還有桃樂絲等著他回去，那個活潑熱情，身上流著愛爾蘭及印第安血統的賣鞋女郎。與桃樂絲一起，他過了幾年無憂無慮的快活日子，絲毫不覺羈絆。

李察站在石牆前，腳邊仍有一堆等著用來蓋房子的石頭。他該怎麼辦呢？該如何抉擇？兩個女人他都愛，兩邊同樣都有未來：安娜還是桃樂絲？老家還是新世界？留在家鄉他得扛負太多的責任而且良心不安，回到新世界他會思鄉而且良心不安。

若他回去密爾瓦基，一家人必須在沒有自己的情況下奮鬥求生。但這也不是辦不到的事，弟弟卡爾已經十六歲了，可以繼承家產，照料病中的父親及三個妹妹，並幫她們準備嫁妝。卡爾雖然年輕，但他意志堅強且值得信賴，非常清楚事情的輕重緩急。他一點都不擔心，也相信卡爾一定能克服種種難關，更何況卡爾自己或許也很希望能繼承家業。所以，牽絆他留在穆爾區家鄉的，不僅僅是對家庭的責任而已，更多的是他對安娜的眷戀。安娜親切的笑容，臉上點點雀斑，還有那頭服貼的金色長髮，以及高挺的身材，早已占據他心思的大半。但他只要想起桃樂絲，想到站在碼頭上的她，如何深情地與他吻別。一想到她爽朗的笑容，嬌嫩美豔的容貌總是散發出無比的活力，還有她那古銅的膚色，凝脂般的滑潤。一想到這個他就恨不得立刻跳上火車，到漢堡搭上下一班往紐約開去的船。桃樂絲還是安娜？安娜還是桃樂絲？老家還是新世界？

那他自己呢？身爲家鄉地區大家族的後裔（曾經顯赫過，如今陷入貧困），他擁有一座大房子（如今急需重建），有大片的土地包括森林，還有一座超過百年的祖傳製鞋廠（大戰中期已被迫關閉）。他會希望自己和父親及祖父一樣，有一天也能當上鄉長嗎？他得承認，他對眼前的挑戰充滿鬥志，也渴望知道他是否能重新振興起桑德這個大家族——不僅是恢復，甚至還要超越戰前的繁華興榮。但同時，他也對承擔這份重責大任後所要面對的未來惶惶不安。安娜有一個罹患唐氏症的兄弟，婚後極可能會一起進入新家庭，但不可能帶來任何嫁妝。他自己尚有患病臥床的父親得照護，還得幫妹妹找好人家，或者幫她們找適合的工作餬口。

或者，他也可以在大城市裡當個異鄉人，在一個全是異鄉人的國度裡。在那裡，出身、家族及姓名通通不重要，只有雙手的力氣與腦袋裡的智慧，還有打拚出來的成就，才是重點。一個異鄉人，終其一生將會活在異文化的語言環境中，但在許多方面都比起活在家鄉裡更爲自由。在家鄉生活，永遠逃不掉家族百年的傳統，永遠必須符合社會期望（別忘了你是桑德家族的一分子！），遵從既有的約束與行爲模式。李察永遠都記得自己剛到密爾瓦基的第一年感受，那是恍如新生般的自由自在。沒人豎起手指警告他要如何如何，沒人帶著指責的眼光瞪視他：你祖父用賤價買走我那塊地；你父親用劣質的皮件做鞋；你大哥是個流氓，打斷我的牙齒；你姑姑應該嫁給我，選了那個酒鬼現在吃足了苦頭了吧。他厭惡村裡所有人都對他及祖先的一舉一動瞭若指掌，並對他充滿成見。在密爾瓦基的人群裡，他只是無名小卒，但他覺得輕鬆自由。不過，在他收到妹妹的信，得知母親及大哥在火災中喪生，便在一九一八年十二月趕回家。一回到家鄉，他便感受到那令人安心的熟悉感：身邊所有人都講著他熟悉的語言，熟悉的方言，他甚至認得週遭的每一塊石頭，眼中所見全是熟悉的臉孔，他覺得自己眞眞回到家了。

該如何抉擇才是？他毫無頭緒，一屁股坐在石堆上，抬起雙手遮住臉，內心不斷天人交戰著。

這個決定，將影響他的一生！爲什麼人生不能先打出各種不同的草稿，再從中選擇一樣？一次的人生，就跟沒有一樣！如果選錯了，老了才後悔，那又是多恐怖的一件事啊！

瑪蒂達：「這是你第一次處理家族故事。」

薩瓦爾：「也該是時候了。」

瑪蒂達與薩瓦爾

在他們交往的最初兩年，各自都還保有自己的住處。這兩年，也是他們這段感情中最親密，最常和朋友一起，也是最熱鬧的兩年。幾乎每個晚上，他們都和薩瓦爾的朋友保羅及她的室友卡琳，聚在瑪蒂達住處的共用廚房裡，一起煮義大利麵，一起吃喝，一起抽大麻，雙腳跨在桌上高談闊論。他們永遠有話題可聊，且總是熱烈地爭論。他們聊自己聽到的、看到的、讀到的、受到感動的事，也聊生活瑣碎的小事，他們談論教授，批評政治，討論哲學、上帝，還有世界局勢。但最常討論的，還是書。瑪蒂達在這些閒聊裡所認識的書，比起從大學課堂裡知道的還要更多，因此她貪婪地吸收所有薩瓦爾對情節及角色滔滔不絕的精彩分析。她自己常常對一本書的感想只有好看或不好看，也常只是放縱自己沉溺在書中鋪陳出來的情緒無法抽離。總是得過一段時間後，才能擠出一些乾癟癟，且毫無新意的評語，她多希望自己能有薩瓦爾的口才。

等到夜幕低垂後，他們總是呼朋引友地到附近的酒吧或參加私人舉行的派對。每一週，朋友圈中總會有某一個人的朋友在宿舍舉行派對，到了那裡，又是人手一瓶啤酒，高聲談笑。總是要到東方露白，大家不是醉醺醺的起哄亂舞，就是倒在一旁相擁而眠。後來，薩瓦爾跟瑪蒂達承認，這段時間是他過得最快樂的日子。

一九八一年六月二十七日那一天，瑪蒂達在她的日記本裡寫道：

「我們的生活就僅僅只是談話及派對，幾乎沒有兩人獨處的時間，總是被一群人圍繞著，而且總在路上。薩瓦爾喜歡這樣，而我有時會希望日子能過得安靜一點。我常想讓他一個人出去好了，我可以待在家裡休息睡覺。但我做不到，總會跟著他一起出門。如果我不跟著去的話，我怕他會嫌我無聊。在外面時我常常覺得疲倦，我無法專心念書，總是良心不安。我應該趕緊寫完碩士論文，得在秋天參加畢業考試，才能當上老師。我要賺錢，不要再靠微薄的獎學金過活，也不要再到咖啡廳當小妹了。我希望能趕快當上老師，跟薩瓦爾住在同一個屋簷下！我多希望他只屬於我一個人的。」

交往兩年後，他們終於一起住進一間三房公寓。那是一九八二年三月初，兩人都剛滿二十四歲。瑪蒂達從那年二月開始，在一家文科中學當英文及德文老師。

他們非常幸運，很快就找到房子，是他們一起看屋的第二間房子。房子可愛明亮，有三間大房間，一間功能齊備的廚房，還有寬敞的雙面陽台，環繞在房子的東側及南側。薩瓦爾喜歡他們看的第一間屋子，但瑪蒂達覺得那間太小太暗，一間舒適的好房子對她來說非常重要。她覺得房子是人的第二層皮膚，住在裡面至少要覺得舒服。而且，她不要再想起自幼成長那個陰暗狹窄的家了。

她到學校教書時，薩瓦爾便待在家裡寫他的第二本小說——至少她是這麼認為，他也常常寫到深夜。第二本小說是以史尼茲勒的《輪舞》這本薩瓦爾非常喜歡的劇作爲底本，小說名爲《五男五女》。在這場現代版的輪舞中，各個來自一九八〇年代的角色彼此雙雙相遇，組合出十個場景：總是一個引誘另一個上床，事後又想盡辦法迅速脫身。

突然間，瑪蒂達與薩瓦爾不再有那麼多話可說，但卻沒有不幸福的感覺。日子似乎重返平靜，而瑪蒂達喜歡平靜的兩人生活。雖然如此，她還是常常希望薩瓦爾能多做些什麼。他的想像力在寫作時是多麼豐富，但在兩人關係上卻是如此貧乏。

有時，他們會在週末一起騎車到附近的公園，躺在草地上曬太陽看書。薩瓦爾總喜歡呼朋引友，他需要聽眾，而瑪蒂達則較享受沒有旁人的兩人時光。她會偷偷觀察他，看他坐在她身邊，靠著一棵樹，感到他是如此完美。在這一剎那，她總不免會懷疑這一切是否只是一場夢？很快地，她就會醒來。這樣完美的他，怎麼可能屬於她呢？

瑪蒂達與薩瓦爾重逢前彼此交換的電子郵件

寄件日期：二〇一二年一月二十八日
寄件者：薩瓦爾・桑德
收件者：M. K.

早安，瑪蒂達！

丹妮絲是我去出版社洽談時認識的，我記得是一九九五年六月，我想確切的日期妳一定記得很清楚。那場洽談非常順利，出版社答應出版三部曲，就在我滿心喜悅踏出出版社大門時，丹妮絲與她父親下車，正準備走進出版社。

就在這時她父親突然倒下來，丹妮絲扶著他，我上前幫忙，一起將他扶進房子裡，安置在椅子上。我記得自己還去倒了杯水，在等待救護車前來時，我們兩人交談了幾句。雖然她父親坐下來休息後，狀況明顯改善許多，他並不想去醫院，但丹妮絲還是堅持要叫救護車。（她父親尤阿希姆是個堅毅的人，之後不到兩年他就去世了。）總之我們彼此簡短介紹自己，我提到三部曲，並告訴她剛獲得的好消息。丹妮絲跟我說恭喜，我們聊了一下。她父親尤阿希姆．索南菲爾德——妳一定聽過他的名字——正在寫回憶錄，她幫忙整理資料。在她父親生前最後那段時間，她也是他的經紀人。在那之後，我們有時會偶然遇見。

眞正在一起是在很久之後。我想，應該是在我離開維也納之後吧。

滿意了嗎？

寄件日期：二〇一二年一月二十九日
寄件者：M. K.
收件者：薩瓦爾．桑德

薩瓦爾！

一、我當然還記得日期，怎麼可能忘記？就在那晚我們一起慶祝並訂下「協約」：六月十七日。

二、我讀過富豪索南菲爾德的回憶錄。他是猶太人（書中特別強調！曾待過華沙猶太隔離區幾天，後來被某個還是納粹的遠親救出來，整整第四章都在講短短那幾天的事），宣稱自己白手起家（隻字不提自己的第一家旅館是從某個伯公那裡繼承來的），最後成爲旅館業大亨（還有他女兒，但他可能覺得這個女兒蠻丟臉的？書裡只有短短兩行提到她）。跟著大亨女兒周遊世界的日子應該不錯吧？光是這個名字就帶來多少知名度啊！

三、你們根本不可能在離開維也納後才在一起，你自己知道。

（十五分鐘後）

寄件者：薩瓦爾・桑德
收件者：M. K.

我沒興趣再說丹妮絲的事，我們已經離婚好幾年了。妳也別再含沙射影了，我愛她不是因為她的出身還是財富。而且，我和她是在我們分手後才在一起，我沒有劈腿。

讓我們回到現在吧！

寄件日期：二〇一二年一月三十日
寄件者：M. K.
收件者：薩瓦爾・桑德

薩瓦爾：

含沙射影？

我沒說你是因爲她的名字及她的錢才愛上她，而是問你跟她一起周遊世界及高知名度的生活應該蠻享受的吧。

之前我已寫過五月十六日，那一天，我回家後發現你不在了。你把鑰匙放在床頭櫃上，沒留下隻字片語。我雙腳發軟，頭暈想吐，只能躺在床上。腦中一片混亂，無法理解到底發生什麼事，完全無法理解。之前那一年，我們一起寫三部曲，獲得出版機會，一切都那麼愉快美好。我無法理解，只覺得自己怎麼這麼蠢。我沒告訴任何人你離開我，有人問起你，我總說你到德國某個寫作營當指導老師了。一段時間後，他們多半不再相信我說的，總是用憐憫的眼光看我。我打了幾次電話給你母親，一開始，她眞的不知道你的事，後來則不願告訴我眞相。一開始，我還抱著最後的一絲希望，覺得一切還沒結束，你還是可能回到我身邊。更可笑的是，我還在作白日夢，想像你偷偷買了房子，正在裝修，準備給我一個大驚喜。

三個星期後，我在雜誌上看到你們的照片。一位女學生在上德文課時，將雜誌翻到照片那一頁，攤開擺在桌上。她或許是故意的，當時我的學生都知道我們在一起。我走過桌旁，看見那一大張你們兩人的照片：你，薩瓦爾．桑德，青少年文學作家新起之秀，以及丹妮絲．索南菲爾德，旅館大亨尤阿希姆．索南菲爾德獨生女，背景是一棟大型傳統農舍前，因渴望回歸自然生活，她剛買下那棟農舍不久。照片上兩人笑容歡愉燦爛：你穿著短褲，襯衫沒扣扣子，她則穿著夏季洋裝，輕薄的衣料下，明顯看得出肚子了。驟然間我感到一陣痛楚，如萬箭穿心般全身刺痛，同時身子一陣發軟。我勉強站在那裡，往下讀完那幾句報導。丹妮絲已有五個月的身孕，再過兩星期你們就要在大農舍舉行婚禮，對於她所選擇的配偶，尤阿希姆．索南菲爾德表示相當贊同。出身微寒的他可不樂見女兒身邊是個在名利場打滾，衣冠楚楚的猴子。看完後我走到講台，接下來發生什麼事，我就完全不知道了。據說我只是坐在椅子上發愣，絲毫不理會任何人，對周遭一切充耳不聞。

如果你們是在你離開維也納之後才在一起的話，她根本不可能懷孕。不要再騙我了，也別只是一概否認，都過了這麼多年，再否認只會令人覺得可笑。別忘了，是你自己說要敘述及回想過往今昔。經過十六年的時間，我已經可以忍受所有眞相，也早就接受事實了。不過，看來你可能還無法面對事實，不敢承認自己曾是個該死的王八蛋（抱歉我得這麼說）。

瑪蒂達

寄件日期：二〇一二年一月三十一日

寄件者：薩瓦爾．桑德

收件者：M. K.

親愛的瑪蒂達：

我很抱歉妳竟然是以這樣的方式得知這一切，請妳相信我，眞的，我很抱歉，相信我，我也不希望發生這種事。因此，我寫了一封長信給妳，裡頭解釋了一切，我實在該用掛號寄出那封信。

我努力回想了一陣子，覺得事實（雖然我覺得經過這麼久，一切都毫無意義了，但我可以理解，這對妳來說很重要。）應該是這樣的：如我所說，一九九五年六月我和丹妮絲在出版社裡認識。一星期後，編輯約我在慕尼黑見面，這也促成我們在某個酒吧中再度相遇。如果妳想知道更詳細的話，認識時是她先留名片給我，但是我先打電話給她的。那次見面我們並未上床，之後我們不時會見面，但並不規律。聖誕節前我們終於上床，一九九六年二月底她確定懷孕，七月初我們結婚，十月二十一日雅各布出生。

我想妳也知道後來發生的那個悲劇了，畢竟當時報紙都有報導。對我來說，那才是最要緊的事。比起我那時經歷的事，其他任何事都似乎都沒什麼意義了。人總是在經歷過無法想像的事件後，才會知道原來很多事都是無關緊要的。

寄件日期：二〇一二年一月三十一日
寄件者：M. K.
收件者：薩瓦爾．桑德

薩瓦爾：

我知道那起你與你太太遭遇的悲劇，當時媒體上的報導我都看了。對你們的遭遇我感到非常遺憾，我是認眞的，我非常遺憾，當時你們情況一定很糟。不過，我覺得這兩件事彼此獨立，互不相干也互不抵銷。總不能或許在可見的未來會發生無法想像的悲劇，就先當個王八蛋也沒關係吧？

因此：爲什麼你到五月才離開我，儘管你們在聖誕節前已經成雙作對了？

瑪蒂達

（一個小時後）

寄件者：薩瓦爾．桑德

收件者：M. K.

在妳和丹妮絲之間，我一直沒法做決定。我當時仍然愛著妳——妳們兩個我都愛，況且十六年的感情也不是說放就可以放下的！

丹妮絲發現懷孕後，開始逼迫我下決定，我還是花三個月，才釐清自己的想法。離開妳，對我來說並不容易，請相信我！

寄件日期：二〇一二年二月一日

寄件者：M. K.

收件者：薩瓦爾．桑德

爲什麼你從未告訴我，你愛上別人了？你在德國有女朋友，她的肚子裡還有你的孩子了！爲什麼你從未暗示過你要離開我？那段時間你雖然常出門，但在我面前，你卻表現一切如常！

（十六分鐘後）

寄件者：薩瓦爾・桑德
收件者：M. K.

因爲我不想傷妳而且我儒弱！我不知道自己跟丹妮絲是否是認眞的，而且當時她跟她的第二任丈夫——那個賽車手——還沒辦妥離婚手續。若跟她不是認眞的，告訴妳我就是不忠，我不想這樣！妳不能理解嗎？過了這麼多年還是不能理解？

而且，妳別忘了，那時我們之間已不再像以往那般和諧了，妳只是不願承認而已！妳把時間都花在學生上面，不留時間給我！

（一分鐘後）

寄件者：M. K.
收件者：薩瓦爾・桑德

那你有留時間給我嗎？搖身一變成爲到處都受歡迎的作家後，你總是不在家！

（四分鐘後）

寄件者：薩瓦爾・桑德
收件者：M. K.

妳根本對我的新生活毫不感興趣！只是嘲諷所有活動，彷彿我該爲自己成名感到羞恥似的！或者根本不該成名，更不該因此感到快樂！

寄件日期：二〇一二年二月二日

寄件者：M. K.

收件者：薩瓦爾・桑德

如果你沒成名，你太太還會愛上你嗎？如果你沒被媒體塑造成青少年文學作家中的天才明星？

寄件日期：二〇一二年二月三日

寄件者：薩瓦爾・桑德

收件者：M. K.

丹妮絲一點都不關心我是否成名，她只覺得我是作家很酷，跟她那些上流社會裝模作樣的朋友都不一樣，還有問題嗎？

我還有一個問題：妳結婚了嗎？有男朋友嗎？或者還是單身？一個單身，脾氣古怪的德文女老師，披著褐色的針織外套手捧一杯綠茶？？我希望不是。

薩瓦爾

（九分鐘後）

寄件者：M.K.

收件者：薩瓦爾・桑德

你只是把我當成工具，一旦有名有錢後，馬上就離開我！還有你其實靠著我的創意才成爲暢銷作家，我給你創意用在《天使之翼》、《天使之童》、《天使之血》上！

P.S.：我喜歡針織外套，不管什麼顏色，我也喜歡喝茶，無論什麼種類。

（半小時後）

寄件者：薩瓦爾・桑德

收件者：M.K.

瑪蒂達：

我從來沒有把妳當成工具利用！我們不過湊巧在我終於成名後漸行漸遠。或者也不是湊巧，誰知道？或許比起暢銷作家，妳比較喜歡一個默默無名的作家？

我很抱歉自己在最後那段時間瞞著妳和丹妮絲交往，那時，對妳我總有無比的愧疚，良心難安。不過，這段出軌是我唯一虧欠妳的（別忘了八成的男女都有出軌的經驗！），其他的，我對妳無所隱瞞，無所虧欠。

薩瓦爾

（一分鐘後）

寄件者：M. K.

收件者：薩瓦爾・桑德

你眞是愛說笑！

我去睡覺了，晚安！

寄件日期：二〇一二年二月九日

寄件者：薩瓦爾・桑德

收件者：M. K.

親愛的瑪蒂達：

我已經一整個星期都沒收到妳的電郵了，希望不是因爲我上回所寫的話傷了妳，也希望妳沒生病，工作不是太忙碌。既然我們已經談了這麼多過往之事，現在我想告訴妳一些我的近況。

一年前，我搬回老家住。是的，妳沒看錯，我現在住在老家裡，不敢相信吧？我可以想像妳邊搖頭邊說「不可能」的樣子，但是，這是眞的！我住在老家，並在裡面工作。

去年夏天母親去世後，我突然面臨抉擇：住回老家或給基金會全權作主，基金會是母親成立的，目的就是爲了不讓我賣掉老家。我決定搬回去住，我需要一個新的開始，早該這麼做了，但我一直沒有勇氣。我抱著無比的希望「回家」，想隱身在這房子裡寫作，寫作，還是寫作。我想，在這裡我一定可以寫出一生中最重要的作品，可以拋去全部煩憂，孤獨但終能療癒——療癒什麼呢？來自過往的幽靈？

但我無法忍受孤獨，我無法欣賞，也從未能享受孤獨（這妳一定知道！），孤獨也一定不喜歡我。孤獨無法讓我安然入睡，沒有療效，只會令我打呵欠，令我發狂。因爲孤獨，我甚至每天晚上都到村裡的小餐館，打著吃飯的幌子，但實際上我只想觀察餐館裡的人。妳知道的，我無法與人親近，親近令我不知所措，很快就出現壓迫感。但我需要人群，我喜歡觀察他們，聽他們的故事，同時，他們會看到我，知道我如何生活，在做什麼，就像我的「人生證人」一樣。這樣我才不會繼續消沉，而能振作起來，不放任自己頹廢。

每當我穿過燈光昏黃的餐館，到最裡面的一張餐桌坐下時，村裡的人總是用憐憫及好奇的目光看著我。對他們來說，我就是個失敗者。我依稀認得那些臉孔（畢竟我是在這裡出生長大的），但我想不起任何名字。聖誕節前，一位老同學坐到我身邊，小學時我們曾是形影不離的好朋友。他叫伯恩哈德，現在在鄰近的小鎮上做裝潢木工。伯恩哈德點了兩杯啤酒，朝我舉杯，帶著一抹詭異的微笑說：「敬這該死的人生！」

我禁不住笑了，這還眞像伯恩哈德會做的事，除了這句充滿嘲諷的「敬這該死的人生！」，我無法想像他還能說什麼。正是，乾杯吧！敬你，也敬這該死的人生！從此以後，我們經常坐在一起喝酒，通常不說什麼，只是沉默地坐著抽菸，噴雲吐霧在彼此的臉上。那句敬酒語，完全符合伯恩哈德的人生。他沒有父親，母親爲了維生，從早到晚工作，還在幼稚園時，他已經必須下午一人在家。爲了妻子，他揹負大筆債務蓋一棟豪宅，而妻子卻在兩年前帶著孩子跟一個醫生跑了。他的小女兒卻不願見他，因爲她——七歲的小孩這麼說——不想去「工人家裡」。

整整一百九十二天了，我在老家「舒若特」房子裡生活。「舒若特」是母親及外公一生的摯愛，青少年時還幫它取了個名字爲「惡魔石堡」。從小我就覺得住在裡面很不舒服，總有寒冷的感覺。算起來三十三年了，我從未連續兩天留在那裡過夜。去年九月搬回來後，我總感覺這房子也不想讓我住在裡面，用盡方法想把我吐出去，它非常抗拒我的存在，只想安靜的毀損凋零，直到坍塌爲止。每一天，這房子都會用各種不同的手段，向我展現它頑強的意志：水管破裂、跳電、發霉、暖器故障等等。一個月後，我正式跟它宣戰：我扯下窗簾，將棉被、枕頭、床單被套及地毯堆到後院，放了一把火燒掉。你眞該看看那熊熊烈火，幾丈高的濃煙直上青天！我搬來椅子，母親的衣物，我孩提時的衣物，甚至是書！我找出房子裡的藏書，進行了一次焚書之舉。盯著一個個字母及文字劈啪作響地消逝，眞是令人身心暢快（說眞的，人們也實在寫得太多了，妳不覺得嗎？）。就在我跟個瘋子一樣繞著火堆跳起印第安舞時，一位遛狗的鄰居正巧經過，張大嘴巴瞪著我看，我相信她差點就要打電話到精神病院叫救護車了。

好吧，我是誇張了點。

截至目前爲止，我還算喜歡這裡，也不覺得有那麼不快樂。從前，我完全無法想像自己有一天會回到家鄉生活，能在老家的房子裡獲得平靜。（過去十四年的生活，每天都是煎熬！）現在我全心專注在新小說的寫作上，在因斯布魯克見面時我再告訴妳內容，我相信妳一定會喜歡這個故事。這本小說，是我頭一次帶著愉悅的心情書寫。眞的，我每一天都勤快坐在電腦前打字，是不是很難想像呢？

因爲房子需要整修重建（在整修經費上基金會非常大方），每天都有一堆工匠進到屋裡。我本來擔心他們會吵到我工作，但到目前爲止都相安無事。他們若在一樓施工，我就到樓上去，或者反過來。房屋外牆會保留下來，但內部會整個大翻修，連隔間都會完全不一樣，我不要留下任何能令我回憶起童年的東西！

爲什麼妳一直不願回答我的問題？妳到底結婚了沒？

薩瓦爾

寄件日期：二〇一二年二月十日
寄件者：M. K.
收件者：薩瓦爾·桑德

薩瓦爾：

當時，我是愛你的，無論你成名與否，我都一樣愛你。但我當然希望你能成名，非常非常希望！我知道你需要，且渴望成名。我知道所有認識我們的人，都在等著你成名，你壓力很大。你上回在電郵說，比起暢銷作家，我比較喜歡一個默默無名的作家，這話很傷人。我希望你成名，但才成名你馬上就變了，彷彿之前小老百姓的生活——跟個德文女老師住在五樓一個老舊的三房公寓——很丟臉似的，你突然開始對我不屑。

很高興聽到你在老家找回「家」的感覺。我一直蠻喜歡那棟老舊的大房子，你知道的。還有，你關心的問題：我沒結婚。

兩天後我們開始放假，我會離開這裡一陣子，那裡沒有網路。

瑪蒂達

瑪蒂達與薩瓦爾

從一開始，瑪蒂達就喜歡在學校裡教書。

她是一個熱心且充滿活力的老師，喜歡教書，喜歡學生，覺得自己被需要。說起來有些奇怪，但她就是覺得教室像是個舞台，一個能令她盡情揮灑的地方，絲毫不覺緊張，非常輕鬆。在那裡她覺得自己是個「人物」，一個講話學生會聽的老師。實際上學生也真的很聽話，只有在剛開始的幾週秩序差了一些，但很快她就帶著大家上軌道了。她總是帶著尊重但保持距離的態度面對青少年，能接收個別學生及班級全體的心聲與需求，迅速調整自己以便適應情況。相較起面對生活中其他事情時的不安及無措，面對學生時她總是相當敏銳警醒。她總覺得自己一到學校就彷彿多了隻眼睛，身上多長了個感應器，但一出學校這些就全都不見了，對外界的感知也常變得比較模糊籠統。

當上老師的前幾個星期，她總在回家後帶著興奮刺激的心情滔滔不絕地將學校發生的事都告訴薩瓦爾，而他嘴角總是帶著一抹嘲弄的微笑聽她說。當她提出抗議時，他說自己沒有嘲笑她的意思，只是專心聽她說話而已。

清晨在她出門時，薩瓦爾通常還在睡覺。有一次，在他們剛住在一起不久，他竟然早起，穿著四角內褲從臥室走出來朝她揮了揮手。他看見她停在玄關處，對著鏡子檢查儀容，他半張著嘴看著她，直到走進浴室。

薩瓦爾一九八二年六月十二日的日記是這樣寫的：

「瑪蒂達眞是一個天生的老師，整個人陶醉在教育青少年的神聖使命感中。每天早晨，她總是如旋風般乒乒乓乓地出門，全身充滿幹勁，穿著乾淨整齊的套裝，將染紅了的頭髮束起，抹上大紅唇膏，灑上平價香水，帶著滿腔熱血及對這個職業的自豪上班！」

瑪蒂達也的確對自己的職業相當自豪，對她來說，這是社會地位的一大提升，小時候的心願得以滿足。出身工人階級的她，家族中從未有人參加高中會考，更不用說進大學了，她是第一個，也因自己所受的教育感到優越。小時候住在林茲社會住宅那間六十平方公尺大的公寓，就只有壅擠、無知、凡俗、雞毛蒜皮的小事、忌妒以及壓抑而已，她總想逃開，時時刻刻數著日子，一滿十八歲便離家獨居。

瑪蒂達與薩瓦爾重逢前彼此交換的電子郵件

寄件日期：二〇一二年二月十八日
寄件者：薩瓦爾・桑德
收件者：M. K.

親愛的瑪蒂達：

我想妳應該渡完假回家了吧。妳去哪裡渡假？跟誰去？妳有男朋友嗎？妳們同居嗎？告訴我妳現在的生活，我真的很想知道！

薩瓦爾

寄件日期：二〇一二年二月二十日
寄件者：M. K.

收件者：薩瓦爾．桑德

親愛的薩瓦爾：

我昨晚才回家，我跟朋友席薇雅一起到紐約玩。

瑪蒂達

（七分鐘後）

寄件者：薩瓦爾．桑德

收件者：M. K.

「我從來沒去過紐約，從沒到過夏威夷」（註）

記得嗎？妳反覆聽這首歌聽了十幾次，搞得我快瘋了。妳曾是烏多．尤爾根斯的忠實粉絲，現在還是嗎？

註：德國經典流行歌曲*Ich war noch niemals in New York*，中文由筷子兄弟翻唱。

妳第一次到紐約嗎？喜歡那裡嗎？多寫一些妳生活上的事，我非常好奇！

薩瓦爾

（四分鐘後）

寄件者：M. K.

收件者：薩瓦爾・桑德

薩瓦爾：

這是我第二次去紐約了，也是第二次覺得那裡非常非常美好。還有，我仍是烏多・尤爾根斯的粉絲。

瑪蒂達

（一小時後）

寄件者：薩瓦爾・桑德

收件者：M. K.

親愛的瑪蒂達：

非常非常美好？非常非常美好？就這樣而已？

我多希望能看到妳說自己在個時髦的紐約酒吧裡喝醉了，還爬到桌上跳舞！

薩瓦爾

（十三分鐘後）

寄件者：M. K.

收件者：薩瓦爾・桑德

我很享受自己的生活，但不必跟某些人一樣，敲鑼打鼓昭告天下。你一直無法忍受這種事，記得「極速過動人」這個詞嗎？這還是你新創的。

週末有時間，我再多寫一些生活給你看。不過，你讀了應該會很失望吧。

瑪蒂達

P.S.：對了，你兒子的事有新發展嗎？警方仍未放棄尋找還是已經結案了？

寄件日期：二〇一二年二月二十一日

寄件者：薩瓦爾．桑德

收件者：M.K.

親愛的瑪蒂達：

妳問我小雅各布的事。

妳知道這整件事對我來說最糟糕的是什麼嗎？就是在過了一段時間後，你仍然不能回到——或至少接近——正常的生活軌道，或者當你想這麼做時，就會被旁人唾棄！我是說，事情過了兩年之後不再總是念著它，而是試圖重回舊有的生活軌道，難道有那麼不正常嗎？

請不要誤會，別認爲我冷血！就連當時，我也不是因爲事情本身，而是爲了它造成的後果而沮喪不已。丹妮絲好幾年都無法平靜，不願放棄也不想放手交給警察。她總共請了七個私家偵探（妳想想，七個！），還因此染上藥癮，瘦得不成人形。每一天我都活在混亂中，無法提筆寫作，如果我不取消講座活動，就會侮辱冒犯到她。

有工匠在叫我了，晚點再續！還有，那件事到現在還是沒有任何新消息，也找不到任何線索，不過，警察也不再那麼積極搜索了。

薩瓦爾

寄件日期：二〇一二年二月二十二日

寄件者：M. K.

收件者：薩瓦爾．桑德

薩瓦爾：

我不知道該怎麼回你的上封信。

或許這種事對母親來說會比父親來得嚴重？或許她無法忘記孩子，也無法回到正常的生活軌道？

瑪蒂達

（二十一分鐘後）

寄件者：薩瓦爾・桑德

收件者：M. K.

親愛的瑪蒂達：

爲什麼母愛一定比父愛強烈？這種刻板的說法早就被推翻了！

我曾試著幫丹妮絲忘記——或者至少不要一直——想著他，我建議從第三世界領養個小孩（她的年紀已經無法再生第二胎了），結果她大爲光火，從此，我們之間只剩互相怒吼，直到我搬出去爲止。

整件事對我來說實在太可怕了！怎麼能這樣經年累月地頹喪，生活總要繼續，老是沉浸在哀傷裡到底對誰有幫助？偏偏丹妮絲就是這樣。我甚至羨慕起那些因車禍失去兒女的父母，僅管悲傷，但在內心深處終究能翻過那一頁。

薩瓦爾

（八分鐘後）

寄件者：M. K.
收件者：薩瓦爾．桑德

你前妻現在如何？她也已翻過這一頁了嗎？

寄件日期：二〇一二年二月二十三日
寄件者：薩瓦爾．桑德
收件者：M. K.

老實說我不知道她現在如何，我們分開十年了，八年前她堅持要離婚，從此我們就不再聯絡了。基本上她認爲都是我的錯，不肯原諒我。

她當時跟其他類似暴行的受害者一起成立個社團，全心投入社團工作，可能到現在也還是這樣吧。那時她瘦得跟竹竿一樣，開了一個又一個的記者會。

薩瓦爾

P. S.：浴室妳會選擇什麼顏色？鮮豔的玫瑰紅或淡淡的淺黃？

（五分鐘後）

寄件者：M. K.

收件者：薩瓦爾．桑德

你知道我會選什麼顏色。

（三分鐘後）

寄件者：薩瓦爾．桑德

收件者：M. K.

玫瑰紅？

每次我站在鏡子前，總會想到妳。想妳總是在我刷牙時，坐在旁邊的馬桶上。

（一分鐘後）

寄件者：M. K.

收件者：薩瓦爾．桑德

當然是玫瑰紅！

（兩分鐘後）

寄件者：薩瓦爾．桑德

收件者：M. K.

我馬上去跟油漆工說！

寄件日期：二〇一二年二月二十四日
寄件者：M. K.
收件者：薩瓦爾．桑德

爲什麼丹妮絲覺得是你的錯？我覺得這點很有意思。我記得當時報紙說，孩子失蹤時你根本不在場。

瑪蒂達

（兩分鐘後）

寄件者：薩瓦爾．桑德
收件者：M. K.

親愛的瑪蒂達：

要寫那段時間發生的一切，還有那一件事，對我來說還是非常非常困難。

雅各布失蹤時，我並不在現場。當時我坐在工作室裡寫作，工作室在房子的後方，對著車道入口，並不緊鄰庭院，而是在庭院的另一邊。當時，雅各布在蘋果樹下的兒童推車裡睡覺，離工作室約有兩百公尺遠。

我的確不在現場，但堅持要僱用換宿褓姆的人是我。丹妮絲是個很容易緊張的人，我希望找個褓姆來減輕她的負擔。但她不想，她想自己照顧，只是她根本沒有能力獨力照顧，而且她又經常不在家，每天我都得花四小時照顧小孩，根本沒法專心寫作，最後，丹妮絲終於答應找換宿褓姆。那女孩一個不留意，雅各布就不見了，從他的嬰兒床中消失，至今還找不到。你無法想像這有多恐怖。

薩瓦爾

（七分鐘後）

寄件者：M. K.

收件者：薩瓦爾．桑德

我可以想像！

那個換宿褓姆是瑞典女孩嗎？你還有跟她聯絡嗎？這種事對她來說一定很不好過。

寄件日期：二〇一二年二月二十五日

寄件者：薩瓦爾．桑德

收件者：M. K.

沒錯，莉薇是瑞典人，來自林雪平，位於斯德哥爾摩南方，約兩個小時的車程。莉薇很年輕，才十九歲，還有大把的人生可以揮霍，以及滿腦子的夢想與計畫。她當時打算來德國一年，回去後到斯德哥爾摩大學修讀語言。直到今天，我彷彿還能見到當時站在我們廚房裡的她，長長的金髮，碧綠色的眼睛，還有滿臉的雀斑。她是個快樂的人，很愛講話也很愛笑。事發之後，她的人生其實也毀了大半，警察及記者一點都不放過她，丹妮絲更是，有一次甚至還動手打她。事情發生時，莉薇在院子裡的倉庫跟在瑞典的男朋友講了很久的電話，之後發現蘋果樹下的兒童推車是空的，睡在裡面的雅各布不見了，從此沒人再看到他。這是一九九八年五月二十七日發生的事。

我和莉薇沒什麼聯絡，除了偶爾寫寫電郵，一年一兩次吧。她後來沒去念大學，在林雪平找了個祕書的工作，沒有結婚，沒有小孩，似乎過得不太好。有一次她告訴我，直到現在她還是每天都會想起那天發生的事。

現在我真的要換個話題了！換妳敘述妳的生活，如何？

薩瓦爾

瑪蒂達說給薩瓦爾聽的故事

下午我到他房間找他時，他已經迫不及待了。門還在關，他就一把撕下我的衣服，我們立刻開始做愛：他緊壓著我的背，吸吮我的乳蕾，飢渴地親吻我的全身，才一會兒便如受傷的野獸嘶吼，一泄如注。他的低吼聲，總會再次挑逗出我的性慾，但我懂得節制，兩人先一起做一小時的運動再說。

我們喜歡跟著珍芳達（註）的有氧運動錄影帶一起做運動，只穿著內衣褲或者脫光光，看著影片中的人總是一臉微笑，粉嫩潤滑的膚色襯著粉色泳裝及緊身運動褲，還有造作的髮型，不斷在我們眼前上下跳動，都會令我們爆笑不已。精確地說，是我笑到不行，而他總是很努力照著電視機裡的影像擺弄出各種姿勢。每天做有氧運動好處多多又有益健康，我們兩人都很需要這樣的活動。錄影帶放完後，我們總是全身發熱，滿身大汗地交疊在一起。再次做愛時他已能禁得住自己，配合我的速度一同達到高潮。之後，我們總一起吃晚飯，一如往常，是個完美的夜晚。深夜裡，我總等他安然入睡後，才轉身離去，並將門鎖緊。

薩瓦爾：「哇，瑪蒂達，太吃驚了！這是什麼故事？妳幫《花花公子》寫的文章嗎？」

瑪蒂達：「我才沒寫，這故事存在我腦袋裡。」

薩瓦爾：「那你的腦袋想跟妳說什麼？妳想做愛？」

瑪蒂達：「我想不想做愛跟你無關。」

薩瓦爾：「我好興奮啊，或許我們應該……？」

瑪蒂達（笑）：「少來了！」

薩瓦爾：「從前妳的故事不是這樣的。」

瑪蒂達：「怎樣？」

薩瓦爾：「總是很乖，很純潔的家庭劇碼。爲什麼妳從前編不出這樣放肆性感的故事呢？不，不只這樣……從前妳爲什麼不瘋狂叛逆一點呢？那我或許……」

瑪蒂達：「或許怎樣？」

薩瓦爾：「就不走了，之後也不會發生那些可怕的事。」

瑪蒂達：「你的意思是說，這一切都是我的錯？因爲我不符合你夢想中的完美女人形象，所以你這個可憐的男人只能離開我？到那個神經緊張的富家女身邊？」

薩瓦爾：「對不起，對不起，對不起！」

瑪蒂達：「都是因爲我，才會發生那些發生在你身上的事？」

薩瓦爾：「我不是那個意思！」

瑪蒂達：「你們的孩子是因爲你們自己貪圖方便而不見！你們懶到不願自己照顧小孩，

註：Jane Fonda，奧斯卡影后，並在八〇年代成為推展「有氧舞蹈」的始祖。

把他丟給一個陌生的女孩。」

薩瓦爾：「就算是我或丹妮絲自己照顧也可能一樣會發生。」

瑪蒂達（低聲）：「我就不可能發生。」

薩瓦爾：「廢話，妳既完美又周到！妳總是那麼完美，完美，完美！從不犯下任何錯誤，不是嗎？」

瑪蒂達：「現在你最好離開。晚安，明天學校見。」

二〇一二年三月九日薩瓦爾・桑德的警詢筆錄

刑警約瑟夫・燦格（以下簡稱刑警）：「有帶身分證件嗎？」

薩瓦爾・桑德（以下簡稱桑德）：「我有駕照。」

刑警：「很好，請給我。薩瓦爾・桑德，一九五八年三月一日生，住在哪裡？」

桑德：「這一年來我住在舒若特一號，黑格納斯村，郵遞區碼四一三五，上奧地利邦。

之前我住在柏林。」

刑警：「職業？」

桑德：「作家。」

刑警：「你之前說，你來這裡是因爲你有雅各布・索南菲爾德失蹤案的新線索？」

桑德：「是的。」

刑警：「好。現在時間是二〇一二年三月九日二十三點十五分，請你將整件事從頭說起。你什麼時候到因斯布魯克？」

桑德：「我是上星期天，三月四日，約下午四點左右抵達。」

刑警：「確切地點？」

桑德：「貝爾奇澤路四十一號，瑪蒂達・卡敏思基家。她在哪裡？」

刑警：「她在隔壁房間做筆錄。你跟這位女士很熟？」

桑德：「是的，我們曾在一起，在維也納，約十六年久。」

刑警：「什麼時候在一起？」

桑德：「一九八〇到一九九六年五月。」

刑警：「你爲什麼來找卡敏思基小姐？」

桑德：「她在因斯布魯克這裡當德文老師，吳甦樂中學。我到那裡主持一星期的寫作工作坊。」

刑警：「卡敏思基小姐找你來主持寫作工作坊？」

桑德：「不，不完全是，這有點複雜。」

刑警：「我的智商應該還夠用，你解釋一下。」

桑德：「提洛邦學校教育處在十五個提洛的中學舉辦寫作工作坊活動，邀請各個奧地利作家分別主持，至於哪個作家到哪個學校，則由抽籤決定，我被抽中到瑪蒂達——呃，就是卡敏思基小姐——教書的學校。一月時我們透過電郵聯絡上對方，將活動日期訂爲三月五日至九日，我很期待這次的見面。」

刑警：「所以你在星期天下午四點左右抵達她家。接下來發生什麼事？」

桑德：「沒什麼特別的，我們聊得還不錯，談天，喝咖啡，吃蛋糕，散步，後來我們一起吃晚餐。瑪蒂達——卡敏思基小姐——很會做菜，之後我們聽音樂，喝了點酒，聊了下參加寫作工作坊學生的背景資料，十點左右我開車回旅館。」

刑警：「你和卡敏思基小姐還談了什麼？」

桑德：「很多很雜，也談到過去的事。從一開始氣氛就很融洽，只有在第二天晚上發生了一點小爭執，之後我就開車回旅館了。」

刑警：「你們吵什麼？」

桑德：「不重要的小事，跟我要講的事情一點關係都沒有。」

刑警：「重不重要我自己會判斷。」

桑德：「我並未懷疑你的智商及判斷力。」

刑警：「很高興聽你這麼說。」

桑德：「我不小心說錯話，說瑪蒂達從前的——嗯，該怎麼說呢？——行爲舉止吧，導致我離開她，跟別的女人在一起。更糟的是，我還說如果她從前，嗯，不要那麼乖，那麼循規蹈矩的話，我就不會離開她，也不會跟我的前妻有小孩，那個小孩也就不可能失蹤，因爲他根本不存在。總之，我說了『那這一切可怕的事就不會發生了』這句話，惹怒了卡敏思基小姐。」

刑警：「那你現在怎麼想？如果當初你們在一起，卡敏思基小姐表現不一樣的話，你就眞的不會離開她嗎？」

桑德：「這個答案我原本不該告訴你，只能告訴我的心理醫生，因爲它跟發生的事情毫無關係。不過，我會把答案告訴你，因爲我想，我要把整件事攤開來說明白。十六年後，從今天的角度來看，我會說她當時的行爲舉止沒有任何問題！我就是個笨蛋，只是當時我才不這麼想！我愛上丹妮絲，就是索南菲爾德小姐，因此離開卡敏思基小姐。我也得承認，我被索南菲爾德小姐的財富及名聲吸引，這是我在當時打死都不會承認的事。」

刑警：「現在我跟不太上了。」

桑德：「你的智商一定夠用。我當時想，跟個名人在一起，對我的作家生涯絕不會有所損害。那時，我才剛踏上作家這條路，我很害怕自己會走不下去，我怕讀者對三部曲的熱度不過像燒稻草一樣，一下就燒完了。有個名人在身邊，我的知名度不再只是像燒稻草那樣而已。當時，我潛意識是這麼打算的，但我絕對不會承認。就連幾個星期前我和瑪蒂達互通電郵時，我仍是否認。現在我知道了，我離開她跟她的行爲舉止毫無關係。說她太乖太循規蹈矩太保守太無聊——天啊，她才不是呢！——讓我毫無選擇只能離開她跟丹妮絲在一起，只不過是自我欺騙。我需要這樣的藉口，才不會良心不安。事情的眞相是：我選擇投向索南菲爾德知名度的懷抱。今天我會說，爲了冀望有個長遠的職業發展，我犧牲了瑪蒂達。現在，我可以回答你的問題了：就算瑪蒂達當時表現不一樣的話，我還是會離開她！這就是最悲哀的一點，無論如何，我總會找到其它的藉口，讓自己不會良心不安！我就是不想放棄環繞在索南菲爾德小姐身邊的知名度。」

刑警：「你前妻的出生日期？她現在住哪裡？你們什麼時候離婚？」

桑德：「一九五六年四月二十七日。她現在住在慕尼黑，荀白克街一百一十二號，我們在二〇〇四年春天離婚。」

刑警：「好。慕尼黑的同事正剛聯絡上她，告訴她兒子的案件有新發展。」

桑德：「我們應該不會碰面吧？我不希望瑪蒂達或我還要跟她面對面對質。」

刑警：「這我不能保證。失蹤的孩子——雅各布．索南菲爾德——是你與索南菲爾德小姐結婚時的孩子嗎？」

桑德：「我不行了，我得休息一下，能給我一杯水嗎？」

瑪蒂達

在中學最後四年的那段日子，瑪蒂達過得很糟，常常在夜裡哭到睡著。剛升上中學時，父親便離開她們了。父親是家裡唯一支持她繼續升學的人，母親則寧願她去工作，幫家裡付房租，並常在她面前擺出對所謂「高級知識分子」輕蔑的嘴臉。因此，瑪蒂達只能在不耽誤學業的情況下，盡可能幫鄰居看小孩，或到餐廳打工賺錢，負擔自己的衣物及學校費用。從她滿十五歲起，母親就再也沒有給她過半毛錢。

高中畢業後，瑪蒂達離家到維也納讀大學，一年只回家二到三次探望母親及弟弟。每次回家，母親總是臭著一張臉，將咖啡及蛋糕擺在她面前，緊抿著嘴巴，雙手抱胸坐在她對面，眼睛盯著電視，彼此無話可說。

在她離家時，弟弟史蒂凡十五歲，很快就當木工學徒，十七歲時也搬出家裡。她和弟弟都比較內向，青少年時彼此還算能溝通。小時候，瑪蒂達很嫉妒弟弟，因爲他是媽媽口中的寶貝。姊弟兩人都想逃離這個破舊發霉的公寓，都想活出跟父母不一樣的人生。但瑪蒂達不太看好弟弟，他太安靜，太沒聲音了，學習及思考速度緩慢，對任何科目都不感興趣。她常常覺得他將來會變成挺個啤酒肚的大胖子，跟媽媽一樣成天懶在電視機前面。她甚至能看到那樣的畫面：弟弟手上拿著啤酒，邊打嗝邊放屁，身邊一個跟他同樣邋遢的女友，因他失業不斷尖聲咒罵。

當時，幻想這樣的畫面讓她覺得安慰：她會成功，媽媽的寶貝辦不到。她會證明給母親看，在青春期時，母親只會大聲咒罵她，說她升學有什麼屁用，飛得越高只會摔得越重，將來不是清潔女工就是妓女。瑪蒂達則想，有一天她一定會變成一個貴婦，邀請母親到自己寬敞的豪宅做客。她會請她一起共進晚餐，身邊坐著她的丈夫，既受過良好教育人又和藹可親，還有可愛活潑又有教養的孩子，女佣安靜熟練地上菜，母親因忌妒而臉色發白。

整個青春期，瑪蒂達都沉溺在這個想像的未來，並一心一意以此爲目標而努力。

瑪蒂達與薩瓦爾重逢前彼此交換的電子郵件

寄件日期：二〇一二年二月二十六日
寄件者：薩瓦爾・桑德
收件者：M. K.

換妳了！

（八小時後）

寄件者：M. K.
收件者：薩瓦爾・桑德

親愛的薩瓦爾：

每天，我開著我的福斯Golf去學校，去上德文，還有幾堂英文課。當老師當了三十年了，我還是喜歡這個職業，就算做這麼久了，我還是無法想像從事另外的職業。很多人都不相信，你可能也不相信，但這的確是眞心話。

我不覺得日復一日的規律很無聊，也不覺得討厭。我甚至認爲，規律帶給我的是自由及安全感。我喜歡進到學校裡，也很享受在教室裡上課的感覺。不僅如此，我還需要學校帶給我生活感，我貪婪汲取校園裡的一切——無論是休息時間學生的打鬧聲，上課時對文本的討論，還是同事之間的交流。我無法一個人獨自坐在房間裡工作。在某些日子裡，特別是在冬天，我很容易便會在私人生活裡感到孤寂，因此我不願在工作時還要忍受孤獨。（我猜，讀到這裡你已經開始無聊了。）

我平日的生活是很固定的：上課上到一點半，午餐要不在學校餐廳解決，就是自己從家裡帶東西來吃。下午我會在庭院裡工作，或是出門散步或遠足，視季節而定。晚上我會準備明天上課的資料，或批改考卷及作業。有段時間我習慣在下午小睡，但效果不佳，總是一睡就是兩小時，醒來仍舊疲憊不堪，晚上又睡不著，於是我就戒掉這個習慣。

我喜歡我的日常生活，且不能沒有這樣的日復一日。我需要既定的日程，就像需要食物及水一樣。我全盤接受這種日復一日，無需任何想像力的單調，只要按表操課，這會在某些時刻，讓我與我的生活和解。（這句話很不錯吧？）

這樣的情形通常發生在清晨，當我走進面東的廚房，陽光灑洩一室，接下來每個動作，都經過經年累月的排練：打開收音機收聽奧地利第一台，將窗台上的花從右到左澆一遍，開始泡咖啡，將杯子從櫃子裡取出，拿出抽屜中的麵包，還有冰箱裡的奶油及果醬，全部擺在桌上。然後坐下開始吃早餐，聽音樂，看著庭院裡的玫瑰花，渡過大約半小時的時光。就在那樣的時刻中，我深深感受到熟悉的日常，如何潛入意識之中，並在體內逐漸擴散開來。在學生抑或同事身上，我常觀察到他們對這種日復一日規律的反抗，試圖以節日、派對、慶典，還有勉強自己參與各式活動來逃避這種規律，總想吸引大家圍繞在他們身邊，使出渾身解數，用臉書，用推特，永遠坐立不安，總是吶喊，總是瘋狂，到處現身，絕不缺席。看到這些，我總是想笑。

現在，薩瓦爾，我得跟你說晚安了。明天我會再寫，如果你還想繼續看這種無聊的日常生活敘述。

瑪蒂達

（八分鐘後）

寄件者：薩瓦爾・桑德

收件者：M. K.

我當然還想繼續看下去……

……而且我還想知道，妳是否有男朋友。現在我也要跟妳說晚安，雖然我更想在上床前跟妳喝一杯紅酒！

薩瓦爾

寄件日期：二〇一二年二月二十七日

寄件者：M. K.

收件者：薩瓦爾・桑德

早安，薩瓦爾！

每星期我都會跟朋友席薇雅見面，有時她來我這裡喝一杯，或是我們一起看戲，看電影，參加新書發表會，或者週末一起去郊遊遠足。每年夏天我們一起出遊一星期，去年到愛爾蘭環島旅行，那裡雨水充沛，而我們肯定喝太多。（我們還眞的喝到爬上桌子跳舞——這可不是開玩笑！）

每個月我會和三個女同事一起，在我家舉行一次小型讀書會。我們一起讀書，並討論自己喜歡的書。有時我們會一起看影片，或者一起下廚。每年聖誕節，我弟弟和他太太及兩個孩子——凱文及德絲蕾，也會從荷蘭來看我。

很可惜，我和史蒂凡至今關係仍然相當冷淡，雖然我很關心他，但他仍不願對我敞開心房。不過，我和他太太娜塔莉處得極好，她是一個很溫暖很體貼的人。每回見到他們兩人，我都非常羨慕史蒂凡，能找到這麼契合的伴侶。

有時，德絲蕾會在夏天到我家小住。她是我的乾女兒，我也盡可能寵她，在金錢上毫不吝嗇，我非常樂意這麼做。我覺得她對我有一定的期望，可能希望我有朝一日會幫她一把，買下她這生中第一部車或是第一間房子之類的。我也讓她相信，我或許眞會這麼做。

母親去世後，我就不再回老家了，就連維也納我也不再去了。卡琳偶爾會來因斯布魯克找我。最初幾年，每次見面她都會帶著看戲的眼神追問你的事，問我是否還一直想著你，後來則改問你是否有來找我。直到有一次，我大聲叫她不要再提起你的名字了，使得她情緒失控。從此，她就再也沒來找過我了。

總而言之，我的生活相當平靜。曾有一段時間，我極欲改變，但近幾年來我已經心平氣和地接受這種情況了——至少在大部分的時間裡。

瑪蒂達

P. S.：還有，我的答案是沒有，我沒結婚，沒小孩，目前也沒男友。最近一段感情兩年前已結束。

（四分鐘後）

寄件者：薩瓦爾・桑德

收件者：M. K.

他叫什麼名字？做什麼的？你們在一起多久？

寄件日期：二〇一二年二月二十八日

寄件者：M. K.

收件者：薩瓦爾．桑德

你還眞好奇！他叫馬汀，是國家劇院導演，我們在一起約兩年。是我決定停止這段感情的，我實在對他沒有足夠的情感。另兩段感情也是同樣結局，我就是覺得愛的不夠。

你呢？你現在有女朋友嗎？

（三小時後）

寄件者：薩瓦爾．桑德

收件者：M. K.

親愛的瑪蒂達：

沒有，我現在單身，也不覺得需要找個女朋友。我不覺得有缺憾，也不覺得孤單。好吧，老實說，有時我的確感到孤單。在柏林時談了幾段感情，過程皆頗爲乖舛，結局要不如一場災難，不然就是冷漠無感。我完全不想她們，甚至連名字都記不起來了。

薩瓦爾

（三分鐘後）

寄件者：M. K.

收件者：薩瓦爾・桑德

親愛的薩瓦爾：

你兩年前的女友自稱是凱特，其實名字應該是柯林娜之類的，是個刺青師。

瑪蒂達

（四分鐘後）

寄件者：薩瓦爾・桑德

收件者：M. K.

謝謝妳幫我回想起這一切！

妳怎麼知道？難道你僱偵探追蹤我過去十六年的生活嗎？

寄件日期：二〇一二年三月一日

寄件者：M. K.

收件者：薩瓦爾・桑德

喏，你可是個知名的青少年文學作家，偶爾在報章雜誌上還是可以讀到關於你的報導，我全都剪下來收藏了。兩年前，我在《繽紛》雜誌上讀到一篇關於你的報導，附圖就是你和當時女友凱特的合照。當時，你們兩人醉醺醺走出柏林某家夜店，亂砸東西，還攻擊路人。

報導裡提到你曾是最著名的青少年文學家，多年前兒子失蹤，有嚴重的酒癮問題，並決定戒酒。眞是這樣嗎？

瑪蒂達

寄件日期：二〇一二年三月二日
寄件者：薩瓦爾．桑德
收件者：M. K.

親愛的瑪蒂達：

沒錯，我上一任女友的確叫凱特，也眞是個刺青師，但說我有嚴重的酒癮及戒酒則是空穴來風，可能是記者的自由心證吧。那幾年來我的確喝得不少，但從未眞正成癮。而且自從我搬回老家「舒若特」住後，就完全沒有這個問題了。現在，我有時會在晚上喝杯啤酒或酒，如此而已。

自從雅各布失蹤後，我的生活就如在地獄般煎熬。只剩毀滅，全都毀了，我的生活破碎不堪，不，在大半的日子我自己本身就是破碎不堪。我常感覺，自己不斷碎裂成千千萬萬的小碎片。夜裡，我在冷汗中驚醒，且深信自己聽到他的叫喊。

瑪蒂達，我們就快見面了。我無法跟妳形容我對這次的會面有多期待，有多好奇，有多興奮！這幾個星期以來，只要想到很快就能見到妳，我的身體便生出無數的力量。我現在才知道，與妳的那段感情，是我唯一願意回想的過去。與妳在一起的那段日子，是最美好的時光——我是認眞的。

薩瓦爾

P. S.：我們星期天下午見，在那之前一切順遂！

瑪蒂達

瑪蒂達的母親瑪塔生於一九二六年，家裡六個孩子，在一個離林茲約半小時車程的農場長大。身爲長女，她從小就得幫忙做很多家事，並且由於家裡需要她的勞動力，畢業後她就留在農場裡幫大哥的忙。她工作經常超過十二小時，卻常常拿不到半毛錢，也沒有任何保險。一直到超過三十歲，她才與保羅．卡敏思基結婚。保羅是因斯布魯克人，在一家營建公司幫工。婚後他們先棲身在農場裡的一間房間，直到在林茲社會住宅申請到一間公寓。由於哥哥拒絕給她任何嫁妝，她與家裡因此決裂。

父親保羅的妹妹瑪莉亞沒有小孩，很少拜訪他們，而母親也將自己娘家的親人拒於千里之外，因此瑪蒂達和弟弟幾乎是在沒有親戚的情況下長大。小時候她與弟弟總是與鄰居孩子們在房子前玩耍吵架。大一點後，他們總是鎖在兩人的小房間裡，中間用一塊簾子隔開，她看書，史蒂凡帶著耳機聽音樂。

母親一開始沒工作，留在家裡帶孩子，直到史蒂凡進了幼稚園，才到一家建材大賣場當清潔工。她找不到其他工作，很後悔自己從未習得任何專業，因此對一切開始忿忿不平，而原本就少得可憐的幸福時光，更是消失得無影無蹤。

瑪塔一直無法釋懷自己竟從家裡分不到半點東西，一逮到機會，她就開始抱怨。為了原生家庭，她放棄學習，且多年無償貢獻自己的勞動力，離家時卻連床單桌巾都不准她帶走，婚禮時家裡給她的錢連一百先令都不到。身為農場女兒，她習慣原木裝潢的房子，習慣大片的田野，對狹小的社會住宅小公寓有諸多不滿。她沉溺在嫉妒及仇恨的情緒裡，毫無克制。

私心裡，她希望能回到農村的生活。她覺得自己應該是個農婦，擁有自己的農場，身爲女主人，可以隨自己意志操控管理一切。空閒時，她總是臭著一張臉，拖著肥胖的身軀，邋遢癱坐著，兩眼盯著電視機。就因有個音量很大，控制欲強，且極盡侵略性的母親，家裡從未出現過歡樂的片刻，週末也從不一起從事任何活動。瑪蒂達每天都會被母親責罵好幾次，她覺得自己就像避雷針一樣，承受母親全部的怨氣。母親說她既醜又胖，笨得跟稻草人一樣，成不了事。小時候，瑪蒂達怕母親，長到十二歲後，她開始憎恨母親。

偶爾，外祖母或舅媽會打電話來，邀孩子到農場做客，但母親從不答應，只是不斷咒罵她的家人，特別是當年接手農場的哥哥及他太太。在她口中，他們是邪惡的壞蛋，瑪蒂達和史蒂凡都覺得他們像魔鬼一樣，小時候，她還因此作噩夢。

瑪蒂達七歲時，史蒂凡氣喘病嚴重發作，母親必須跟他一起住進醫院。由於父親必須工作，只好將她送到農場待了一個星期左右。對她而言，那裡有如天堂。

一開始她很困惑，爲什麼那裡跟母親口中描述的完全不同，恰恰相反，沒有邪惡卑鄙，專門欺壓別人的惡霸，都是安靜勤奮的善良人，樂觀積極，不是看什麼都不順眼。

外婆每天都幫瑪蒂達梳頭髮綁辮子，母親從不幫她做這種事。外婆還讓她捏麵糰，邊講從前的事給她聽。她肚子不舒服時，還會幫她按摩肚子。感受到別人的觸摸，她覺得很舒服。舅媽則牽著她的手，帶她去牛棚，那裡她可以撫摸小牛，還可以觸摸母牛腫脹的乳房，喝剛擠出來、猶有餘溫的牛乳。最棒的是那一大片綠油油的田野：安靜、寬闊，充滿了青草地的芬芳，她可以一個人四處走上幾個小時還不覺得累。有一回，她躺在草地上好一段時間，觀察著身邊的花草昆蟲，有時抬頭看看藍天，或遠處的森林，突然覺得這個世界好美，美到令她掉淚。

舅舅舅媽有三個小孩：馬堤亞斯、赫爾穆特，以及小她四歲的安娜。他們一起睡在一間大臥室，每天晚上打枕頭仗打得不亦樂乎，白天也總是在一起。他們很照顧瑪蒂達，總是讓她跟他們一起玩，也帶著她在農場上幫忙做事。雖然她對農場的生活毫無所知，但他們也從不嘲弄或譏笑她。在帶她到做教堂禮拜前，他們會先幫她預習，告訴她什麼時候該說什麼話，以及該做什麼事，以免她出醜。她頭一次深刻體會到家庭生活。當她被迫回到城市裡的家時，她覺得非常難過。那個狹窄的公寓變得更狹窄了，還有骯髒凌亂的前院，沒有半點綠地，旁邊大馬路上的車子總是呼嘯而過。

瑪蒂達穿著農村少女傳統服飾，頭髮編成辮子盤起，畏怯地走進家門，母親一見到她即刻臉色大變，整個人暴怒起來，對著她怒吼，質問她是否自以爲是富農的女兒。才不是！母親接著吼，她什麼都不是，全家四個人什麼都不是，少在那裡自以爲是！母親粗魯扯開她的辮子並拿起剪刀，就這樣一手握著剪刀站在她面前冷笑，瞪著女孩受驚的臉孔。直到父親提著小旅行箱進門，母親才放下剪刀，命令瑪蒂達進房間換衣服。

後來，在瑪蒂達不斷懇求下，她又有兩次機會在外婆那裡待上幾天。只是，經驗再也沒有第一次那麼美好。在她第三次拜訪農場時，史蒂凡也跟著去，所有人都圍著他轉，令她非常忌妒。

十六年後，瑪蒂達與薩瓦爾重逢

薩瓦爾：「我可以請妳吃午飯嗎？爲我昨晚輕率、愚蠢且自大的說詞，以及十六年前懦弱且無可原諒的開溜道歉？」

瑪蒂達（笑）：「可以。」

薩瓦爾：「這附近有什麼好餐館？」

瑪蒂達：「十字路口有家不錯的咖啡廳，午餐頗爲美味。」

薩瓦爾：「現在就走？」

薩瓦爾：「妳知道學生問我什麼問題嗎？那個很聰明的黑髮女孩，中五生（註），個子有點矮。」

瑪蒂達：「瓦倫緹娜？」

薩瓦爾：「對，就是她。她問我我們是不是親戚？」

瑪蒂達：「她問你這個？」

薩瓦爾：「對，我反問她爲什麼覺得我們是親戚。」

瑪蒂達：「她怎麼說？」

薩瓦爾：「她說：『桑德先生，你跟我們德文老師卡敏思基小姐一樣健談，而且跟她一樣有教養。』」

註：中五生相當於台灣的國三生。

瑪蒂達：「有教養？她眞的這麼說？」

薩瓦爾：「對，我覺得她眞正的意思可能是：你們這些老傢伙怎麼都那麼多嘴，而且裝模作樣故作高貴。」

瑪蒂達：「也就是說，我們兩人說話的樣子很像，在一起十六年的影響吧。」

薩瓦爾：「老天，妳還記得嗎？一開始我們話都很多，保羅、葛歐格、卡琳，還有妳跟我，我們總是在一起混，總是不斷爭著講話、講話、講話，就像比賽似的，比誰最常開口。是否有道理並不重要，重點是誰反應最快，無論什麼事，就像比賽誰動作最快那樣。最初那幾年眞是熱鬧極了。」

瑪蒂達：「我喜歡住在克萊恩德街那幾年的日子。」

薩瓦爾：「那是因爲妳開始教書了。那時妳總愛提醒我，妳開始工作了，而我還沒念完書。當上老師後，妳的自信心至少增加了一公尺高。」

瑪蒂達：「喜歡提醒你這點的是你媽，不是我。」

薩瓦爾：「妳說得對，是她沒錯。」

瑪蒂達：「我才不在乎你是否還在念書，重要的是，跟我在一起的，是一個作家。」

薩瓦爾：「妳最喜歡在朋友面前炫耀這點。」

瑪蒂達：「你也很高興我這麼說啊。」

薩瓦爾：「當然了。」

瑪蒂達：「住在克萊恩德街時，你每天都很勤快寫作。我非常佩服你的自律，當時我是多麼熱切希望你能一舉成名。」

薩瓦爾：「如果將我們在一起的時間分成四個階段，每個階段四年的話，問題就出第三階段。」

瑪蒂達：「到那個階段你也不再那麼勤於筆耕了。」

薩瓦爾：「我媽也不再給我生活費了。」

瑪蒂達：「還有我媽看到我們過得不好也很高興，對我來說這最糟糕。」

薩瓦爾：「什麼？妳竟然沒告訴我。在一起越久，妳越少跟我說話。」

瑪蒂達：「告訴你幹麼？你根本無法忍受我媽。」

薩瓦爾：「妳自己不也是受不了她。」

瑪蒂達：「沒錯。」

薩瓦爾：「告訴我，我們過得不好爲什麼妳媽會高興？」

瑪蒂達：「純粹就是幸災樂禍。她很高興看到我們經濟拮据，也很高興知道你的書賣不出去，還有我們之間常吵架。」

薩瓦爾：「她從哪裡知道這些？妳一向不怎麼跟她說話。」

瑪蒂達：「她從我弟那裡逼問出來的，我弟知道我們的狀況。總之我聖誕節回家看她……」

薩瓦爾（笑）：「聖誕節和她生日妳一定回家，一逼近這些日子妳就會變得非常暴躁。」

瑪蒂達：「那時我們一起坐在聖誕樹旁，史蒂凡和娜塔莉也在，我媽冷笑地對我說：『怎樣，妳家那個魯蛇如何？有拿錢回家嗎？還是妳養他？我早就告訴妳了，那種寫字的最沒用了，連水泥匠都賺得比他好。』諸如此類的話。」

薩瓦爾：「老天！她眞的跟你說寫字的最沒用？你從沒告訴過她吧。」

瑪蒂達：「我們在一起兩年後我就告訴她我有男朋友了，那時我們正一起找房子。她馬上問你是做什麼的，不問姓名，不問哪裡人，統統不管，她只在乎職業。對她來說，職業是最重要的，性格完全無須理會。我告訴她你是作家，一開始，她不懂什麼是作家。我解釋說你在寫書，她就開始大笑，笑得渾身亂顫，完全停不下來。她問我是不是找不到更有出息的了？對大學生來說，文人墨客是很特別的，但對我媽來說，就是個笑話而已。」

薩瓦爾：「妳母親死前有多胖？」

瑪蒂達：「我想大約有兩百公斤吧。」

薩瓦爾：「我第一次跟她見面的經驗實在太有趣了。」

瑪蒂達：「有趣？她從頭到腳盯著你看，而且整天都沒跟你說半句話。」

薩瓦爾：「可是她對著我打鼾。」

瑪蒂達：「什麼？」

薩瓦爾：「我們在一起三年後，妳才帶我去見她。每次妳要回家我都求妳帶我去，妳總是拒絕，不讓我認識妳的家人。」

瑪蒂達：「因爲我覺得很丟臉，但我又不想告訴你我覺得丟臉。」

薩瓦爾：「妳根本不必說，看都看得出來。第一次見妳媽是她生日吧，那是哪年的事？」

瑪蒂達：「一九八五年四月五日。」

薩瓦爾：「我們坐在狹小的廚房裡喝咖啡吃蛋糕，侷促不安地談著天氣。你們三個人——妳，妳弟還有他當時的女友——突然站起來，說要散步到老城逛逛，我說我還要再喝一杯咖啡，很快就會跟上你們。我坐在妳媽對面，喝我的第二杯咖啡。她一口吞掉她的蛋糕，用手擦嘴，雙手交握放在肥胖的肚子上，然後睡著。她就這樣坐在桌邊睡著！」

瑪蒂達：「對，她常這樣。」

薩瓦爾：「可是很突然耶！上一秒她還瞇著眼睛瞪著我，下一秒就進入沉睡。我以為她只是閉上眼睛，可是她突然開始打鼾！她就坐在我對面打鼾，打得震天價響，那聲音眞是很難形容：很大聲，呼嚕呼嚕的，不像正常人會發出的聲音。我想離開時才赫然發現，自己陷在小廚房裡出不去了。」

瑪蒂達：「你當時坐在角落？」

薩瓦爾：「對，妳媽坐在門前的椅子上，我坐在對面的角落。廚房的門雖然開著，但妳媽無比肥胖的身軀整個把門口擋住，整個擋住！左邊右邊都找不到十公分的空隙，讓我可以勉強擠出去。門口被封住了，封住它的那坨肉團則隨著鼾聲不斷顫動。」

瑪蒂達（笑）：「那你怎麼辦？」

薩瓦爾：「我只好鑽進桌子底下觀察地勢，也就是那張椅子！我問自己，是否可以從椅子底下鑽過去，且不會弄醒你媽。」

瑪蒂達：「你眞的從椅子底下鑽出去？」

薩瓦爾：「對，當時我嚇得要死，相信我，如果椅子塌下來，我會窒息而死。妳在外面問我怎麼那麼久，爲什麼搞得全身髒兮兮，我沒講是因爲在廚房擦地板的緣故。說眞的，妳媽眞的挺寶的。」

瑪蒂達：「什麼寶，是恐怖。家裡一切對我來說都很恐怖，我常常羨慕你有那樣的母親，以及你在鄉村的童年。她是怎麼死的？」

薩瓦爾：「在醫院，肺炎。我開車從柏林趕回威爾斯，但晚了一小時。」

瑪蒂達：「眞是悲劇。她爲了維持那棟房子及整個家族奮鬥這麼久，最後又剩下什麼？自己在醫院孤伶伶死去。」

薩瓦爾：「她還有我。」

瑪蒂達：「你不會再有小孩繼承那棟房子了吧，不是嗎？」

瑪蒂達

在聖誕節及生日時，瑪蒂達都會收到親戚們寄來的賀卡，有時她也會回信。在她接受初領聖體禮（註）那日，外婆，舅舅及舅媽在未受邀請的情況下意外出席觀禮，儘管會後他們請大家到餐廳吃飯，但母親仍然不願與他們說話。那一整天，瑪蒂達一直滿頭大汗，為了感謝親戚的來訪，她覺得自己必須絞盡腦汁找話題跟他們聊天。只是沒幾分鐘她就想不出話題了，而一向沉默的父親與稚嫩的弟弟也不可能提供任何幫助。後來在她受堅振禮及通過高中畢業會考時，收到舅媽寄給她的賀卡及禮金，此後好幾年不再。

瑪蒂達喜歡看書，那是她心情最放鬆的時刻。她常躺床上看書，一看好幾個小時。她總是從圖書館借書，有時，爸爸也會帶她到書店，買一本書給她。

她十五歲時，床頭書櫃有二十本書，其中一本是大仲馬的《基督山恩仇記》，這是父親離開前送她的最後一本書。她在父親支持下好不容易進入高中半年後，爸爸就為了另一個女人離開他們了。母親大受打擊且因此崩潰，儘管她早就不再愛她丈夫了，但他怎麼可以有別的女人！從此，她更加爲所欲爲，怨氣越積越深，更痛恨瑪蒂達，也更惡毒地對待她。

每次下課回家，瑪蒂達總得做好面對一切可能的心理準備。有一次，她回家發現自己的書全都不見了，書櫃上空空如也，一本都不剩下。她腳一軟，幾乎無法站穩，只能在床邊坐下。她覺得自己呼吸困難，彷彿就快暈過去了，只能勉強自己鎮定下來。這是第一次她對母親大吼，母親否認這與自己有關，只是冷冷地對她說，要不是她自己拿去借人，就是史蒂凡拿走了。幾天後，瑪蒂達在客廳火爐裡發現一堆灰燼以及書頁的碎片。她躺在床上，覺得自己快被仇恨淹沒了，但也知道自己無力做任何事，尚未成年的她，只能屈從於母親的監護權下。從那天起，她開始每天數日子，直到十八歲生日那天。她不再買書，只從圖書館借書，並每天都把書藏在不同的地方。

瑪蒂達的父親是一個安靜內向的人，她其實從不了解父親在想什麼，有什麼感覺，也不知道他對生活有什麼期望。他總是客客氣氣的，沒有任何要求，也不需要什麼空間。就算坐

註：Erstkommunion，天主教孩童首度接受聖體的禮儀，受禮年紀約在八至九歲之間。

在廚房餐桌邊吃飯，切火腿薄片，或是從沙發一角看電視新聞，整個人仍然毫無存在感。有妻子及兩個小孩，住在一間狹窄的公寓，對他來說就夠了，再沒任何其他的需求。他沒有野心，可能也不夠聰明，瑪蒂達從未見過他看報紙或寫下任何字句，她甚至懷疑他不識字。他對建築工人的工作很滿意，但並不想爲家人蓋棟房子，深怕被銀行纏住幾十年不得脫身。但他也可能只是害怕申請貸款的種種程序，那樣他就得在銀行職員面前讀一堆文件。他認爲那些坐在銀行裡的人就跟所有穿西裝的人一樣，全是自大傲慢的傢伙。若母親溫柔體貼，又能把家裡打理的井井有條的話，父親大約會是全世界最快樂的人了。

父親工作二十年後，公司突然將他解僱，這令他不僅失去工作，也失去對工作的熱情。從此他在任何公司都無法長期待下去，常常失業，也開始喝酒買醉。在家父母兩人若不是沉默不語，就是母親對著父親大吼，吼到父親乾脆出門。他們彼此認爲對方是今日生活艱困的罪魁禍首，彼此用自己的方式向對方控訴：她用音量，他則帶著責難的眼神，心思早已遠走他方。

有一天，瑪蒂達那位總是沉默的父親，認識了溫柔的伊娃，並在幾個星期後離家出走。瑪蒂達沒法恨他，因她認爲母親實在太令人難以忍受了，她永遠也不要在自己身上出現母親的影子。她認為父親之所以離家，全都是母親的錯，她甚至覺得父親能找到新的幸福是件好事，並因母親的失意而有幸災樂禍之感。

半年後，瑪蒂達在放學回家的路上看到父親站在街角，手上拿著《守望台》雜誌（註）。她非常震驚並上前找他說話，父親顯然也覺得丟臉，但還是毫無隱瞞地告訴她。原來伊娃是耶和華見證人的信徒，為了她，他也入教了。瑪蒂達幾乎無法相信，父親性格的軟弱與順從竟將自己推進異教信仰的懷抱，在回家的路上她不禁哭泣起來。

父親與伊娃後來搬到德國北部，在那裡開始他們的新生活。瑪蒂達與史蒂凡都不知道父親現在會在哪個城市哪個街角，手裡拿著《守望台》雜誌。每逢聖誕節，他們總會收到賀卡，但他們也知道，那是伊娃寫的，父親只負責簽名而已。

在準備學位考時，瑪蒂達研讀了狄奧多．施篤姆的生平與作品。她非常喜歡他的《白馬騎士》及《被水淹沒》，總幻想父親在湖森——施篤姆出生城市的某個街口，對著眾人宣講天國將近。有一次，她還夢見父親站在堤防上，那是一個月黑風高的夜晚，海上波濤洶湧，

註：*Der Wachturm*，耶和華見證人的官方雜誌。

白馬騎士急馳擦撞過父親身邊，父親踉蹌了一下，跌入浪濤之中。

薩瓦爾說給瑪蒂達聽的故事

一九〇八年春天，李察．桑德和三個同村的年輕人結伴遠走美國。在他們之前，已有不少年輕人及家庭先到了那裡，在他們寫給留在家鄉親友的信中，美利堅合眾國有如流著奶與蜜的應許之地。村子裡去美國的人，落腳地多半是位於威斯康辛州的密爾瓦基城。這已成了慣例，最先過去的拓荒者，總是選擇氣候最像家鄉的地方落腳，而遲來者最方便就是跟著前人的腳步走。密爾瓦基已有不少從穆爾區過去的移民，跟著過去那裡可以省很多事。密爾瓦基附近有不少工作機會，且報酬合理。那裡有夠多的土地，可用便宜的價錢購得，閒暇之餘也有地方找樂子，說白了就是橡葉俱樂部！

臨走前，李察在鄰村裁縫店訂做了一套西裝，打算穿著它踏上人生的旅途。在他從裁縫店走回家，經過一個森林邊的小農場，突然傳來幾聲悶聲叫喊，以及濃濁的喘息聲。他走進陰暗的牛棚，在適應昏暗的光線後，見到一個褲子已褪到膝蓋的男人，正強押著個年輕的女孩。李察用力把男人扯到外面，痛揍一頓，將他趕走並嚴厲警告他不得再來。女孩身上的工作服已被撕爛，跌坐在牛棚裡的一角哭泣，身體仍因驚恐而不斷顫抖。李察扶著她站起來走出牛棚，讓她坐在夕陽餘溫下的草地上，脫下外套披在她身上。過了一會，李察開始跟女孩講起自己家的牧羊犬仙塔前幾個星期在雞棚裡生了一窩小狗的故事，每次仙塔側躺下來時，窩在牠肚子上睡覺的，不只是小狗，還有小雞。聽著聽著女孩平靜下來，開口說起自己的事：她叫安娜，今年十四歲。她到牛棚原本是要幫六隻乳牛擠奶，家裡其他人都去割草，準備做成乾草。就在她準備餇料餵牛時，那個男人突然出現，他是鄰村的農夫，已經結婚了，每回遇到總是帶著不懷好意的眼神盯著安娜看。李察陪安娜回到牛棚，幫她一起餵牛，擠奶，並打掃牛棚，在遲了快兩個多小時後才回到家裡。兩天後，他從仙塔生的那窩小狗中挑了一隻帶給安娜，告訴她：「牠會保護你的。」安娜的父母邀他一起進餐，在飯桌上他說出自己再過兩星期就要跟三個同村的男生一起到漢堡搭船前往紐約的事。大家都很好奇，追問他為什麼會做出這種決定，去那裡會發生什麼事，安娜只有一個問題：在那裡他的名字會怎麼念？最後道別時，他問安娜幫小狗取名字了嗎？安娜回答：「里奇！」他不禁笑了出來。

離開那天，李察正滿二十歲。那天來送行的非常多，幾乎全村人都來了，跟離家的四個年輕人道別，並以手沾聖水在他們額頭上畫十字，願上帝保佑他們。當四個年輕人與大家告別，正式踏上旅程時，親人全都哭了。他們得先到韋格沙伊德火車站搭車去帕紹，再轉車去漢堡。他們走過村子廣場，走過大片的麥田與草叢地，手上提著小旅行箱。突然，李察聽到一連串的狗吠聲，抬眼望過去，發現安娜在綠油油的草叢裡，赤著腳朝著他跑來，後面跟著一隻小狗。她喘著氣，臉紅紅地停在李察前面，將一幅小小的聖母像塞在他手裡說：「祂會保護你的。」接著轉身又跑進高高的草叢裡，小狗追在後面。這幅情景，深深印在李察的腦海裡，在接下來的幾個星期一直不斷浮現在他眼前。

抵達密爾瓦基後，他馬上找到工作，在一家孤兒院當管理員。那裡提供宿舍，因此連住宿問題也一併解決了。打從一開始，這個城市帶給他的感覺就是輕鬆愉快，這也是他在家鄉從未感受到的氣氛。閒暇時，他會跟一些同樣出身穆爾區的人一起打發時間。他在密西根湖裡學會游泳，也會在每個週末與假期狂歡到深夜。

一年後，他在一家大型製鞋廠找到工作，終於可以發揮他的專業技能且賺夠多的錢，得已展開新的人生，並搬進自己買的房子裡。他帶著感傷的心情，揮別了孤兒院的修女及孩子們。他喜歡那裡的每一個人，後來也常常回去探訪他們。

瑪蒂達與薩瓦爾

他們在一起的第一個夏天，薩瓦爾到德國一家出版社實習，瑪蒂達則留在維也納的餐館打工。分隔兩地令她非常痛苦，她想他想得快瘋了，一有空閒也只是待在房間長吁短嘆，不游泳，不找其他朋友。無時無刻她都想著他，想他在做什麼？跟誰見面？對誰微笑？他是否也會想她？卡琳說她被下蠱了。

最後她實在受不了，求老闆給了她兩天假，馬上搭火車找他。她打算給薩瓦爾一個驚奇，因此並沒有先告訴他。下了火車，她直接到出版社，並守在大門等他出現。當薩瓦爾走出來看到她時，臉上露出驚喜的表情，他快步走向她，並一把將她抱進懷裡。她感動到無法忍住眼淚，而他將她的眼淚一一吻去。頭一次，薩瓦爾對她如此熱情洋溢。在那兩天裡，他們盡情享受兩人時光，而快樂的時光總是過得特別快。她喜歡與薩瓦爾單獨相處，沒有其他朋友在場，他總是比較安靜，不會老是擺著文青的姿態，也對她較爲用心。

隔年春天，他們在一起滿一年，兩人一起出門到義大利梅拉諾渡假。他們住在一間便宜的小旅館，每天睡到很晚，吃豐盛的早餐，在城市裡或附近散步，享受春天的日光浴——這裡的日頭比維也納強烈，晚上在小餐館飽食一頓。

最後一晚，他們在城裡閒逛，跟著人潮走進療養區休閒中心，海報上的節目預告是地方管弦樂團表演，曲目包括韋瓦第及蕭士塔高維奇的作品。他們買票入場，坐在最後幾排位子。

音樂會一開始，瑪蒂達便被激昂的樂聲所震懾，一時之間百感交集，內心激盪不已。她想起活在失意裡的母親，空閒之餘唯一能做的事就只有窩在發霉狹小的公寓裡看電視，一邊猛吃東西；想起在北德的父親，手裡拿著自己也不可能看懂的《守望台》站在街角，就只爲了擁有一份歸屬感。這是瑪蒂達第一次對父母產生憐憫與和解之心，但下一瞬間，她又看到那個膽怯害羞，沒人愛的的女孩，那個從前的自己。剎那間，童年的記憶統統浮現在眼前：母親拿著雞毛撢子抽打她，因她又尿床了；她和弟弟在骯髒的前院遊蕩，母親對著父親的辱罵聲從大開的窗戶傳出。還有時間總那般難熬，當她躺在床上盯著低矮的天花板，當她從早到晚一分鐘一分鐘算著，當她終於能上床睡覺，當一天將盡，離成年的那日又近一日。

憐憫霎時變成自憐，她多希望能將小女孩抱進懷裡安慰，那個仍深藏於內心一角的小女孩。接著，激昂的音樂又帶給了她新的刺激。而這刺激是多麼強烈，狠狠地撞進她的內心，占據她的一切，帶給她如嗑藥後的快意。

她感到全身生出從未有過的活力與熱情：年輕，強大，能實現這一生所有的夢想。她看到美好的未來，陪她度過完美幸福的一生，不是其他人，就是薩瓦爾。他是她命中注定的伴侶，爲了他的幸福快樂，她願意付出一切，她的精力，足夠爲兩人所用。她緊緊地握住薩爾瓦的手，全身發顫。

瑪蒂達多希望音樂永遠不要停，更希望此刻感受的強大自信能永遠不會消失。很久之後，她還能感受到這股強大的自信，儘管隨著時間的消逝也慢慢變得蒼白。但只要想起那場音樂會，仍然會有一股暖流傳遍全身。

瑪蒂達說給薩瓦爾聽的故事

他是藝術家。

他的主要工作是畫畫，多半是水彩抽象畫，他討厭鮮豔張揚的色調。當他專心畫畫時，就不怎麼需要服藥。至於賣畫，我得幫他，他無法自己進行，與別人交際對他來說是件困難的事。而我喜歡賣畫，將大幅大幅的畫賤價賣給同事及朋友，他們也很樂意自己能幫上忙。有時他也會用陶土捏人偶，通常是女人或是緊緊纏成一團的情侶。他的房間四處擺著這些性感的人偶，我也帶了一些擺在家裡。此外他也喜歡練習各種手寫字體，這一陣子他正忙著用安瑟爾字體抄寫《浮士德，第一部》，爲此我還幫他找來一本精裝橫線筆記本及一枝平尖鋼筆。每天早上，他都會坐在書桌前，參照著字帖一字一字抄寫，每一個字母都中規中矩，圓潤漂亮。完成後，作品將會拿到跳蚤市場賣。

薩瓦爾：「故事主述者口中的他怎麼看都像個不出世的天才，他多大年紀？」
瑪蒂達：「非常年輕。」

瑪蒂達與薩瓦爾

薩瓦爾結束在慕尼黑出版社的實習後，決定回家探望母親一趟。他已快一年沒回家了，但他不想獨自回家，因此問瑪蒂達願不願意陪他一起。

那是一個美好的九月豔陽天，兩人心情很好。搭了兩個半小時的火車後，他們在火車站被鄰居開車接走，那是一輛古董級的賓士轎車，載著他們開了半小時直接停在房子正門口。瑪蒂達坐在後座任思緒遊走，來接他們的老先生對她特別慈祥，讓她覺得很有趣。她很高興薩瓦爾跟家裡提到她，也很高興他母親也想認識她，但同時還是覺得有點緊張。

那棟老舊的大房子叫「舒若特」，孤立在村子外頭的一座小丘上，四周全是田野及森林，瑪蒂達一眼就愛上這棟高高在上俯視全景的房子。不過，她沒告訴薩瓦爾，因她知道他討厭這棟房子。至於原因她今晚就會知道，這也是薩瓦爾第一次對她提起自己的童年生活。

當鄰居放他們下車時，茵格已站在門前了，穿著白衣黑裙，雙手環抱在胸前。她快步走向薩瓦爾，一把抱住他不斷親吻，瑪蒂達從她的眼神便看出她是多麼愛薩瓦爾。這樣濃烈的母愛，不禁令瑪蒂達既羨慕又嫉妒起薩瓦爾，能沉浸在這樣的愛中成長。她突然理解，薩瓦爾的自信與一派輕鬆的態度是如何養成的。

茵格客氣地跟她打招呼，稱呼她爲「卡敏思基小姐」，握手時只輕觸她的指尖，在從頭到腳地打量她後，只對她有些破舊的涼鞋表示意見：「現在的女學生都穿這樣的鞋子嗎？」她莊重威嚴的態度令瑪蒂達感到不安，並清楚地感受到，能配上茵格唯一兒子的女孩，應該出身於高尚開明、見識多廣的好家庭。茵格一眼就看出來，瑪蒂達不是這樣的女孩。

他們坐在庭院裡，桌上已布置好一切東西。他們喝咖啡，吃茵格親手烘烤的李子蛋糕。茵格費盡心思找各種話題與他們交談，興高采烈地不斷說話，彷彿將沉默當成一種威脅。此時瑪蒂達才想起，茵格丈夫好幾年前死於氣喘，她一個人活在這個大房子裡，平日只能生活於沉默之中。薩瓦爾則顯得相當安靜，回答問題簡短扼要，沒有半句廢話，而瑪蒂達完全未被問到任何問題。那是一個異常炎熱的日子，茵格問他們是否該打開遮陽傘，不待回答又逕自打開。瑪蒂達看到一隻烏鴉，高高地站在木頭搭建的倉庫屋頂，倨傲地俯視四方。

茵格恰是瑪蒂達母親相反的典型：注重儀態，受過良好教育，且相當勤奮。此外她非常注重家庭，如今僅剩下薩瓦爾與她兩人。第一次見面，她已鉅細靡遺地敘述自己是多麼希望有個大家庭，但在一次產下死胎後，她便無法再生育了。她講這些話時，似乎擔心瑪蒂達會覺得她是個懶惰或不合格的母親，她只養大一個孩子，不像村子裡通常都有四個小孩。

薩瓦爾帶著瑪蒂達滿屋子遊走，參觀多到數不清的房間。這房子總共兩層，樓上有五間臥室和一間浴室，樓下是廚房、浴室、客廳、茵格的房間，此外還有非住家的部分——廢棄的製鞋廠，這部分有獨立的出入口。

進一步細看後，瑪蒂達發現這房子其實早已年老失修，而且明顯沒錢整修。大部分的房間裡都堆著損壞了的傢俱，還有發霉的角落及脫落的壁紙。樓下的浴室仍維持一九五〇年代的裝修，明顯已破舊不堪。瑪蒂達這一生還未看過這麼大的房子，每個房間都有三十平方公尺大，地下室及閣樓也都寬敞無比。她喜歡待在這個老房子裡，多希望自己能在這裡長大，在這樣的大自然，這樣的大房間裡。在這裡，人們可以相安無事，不會互相厭棄。

夜裡，薩瓦爾偷偷溜進瑪蒂達的房間——茵格果然將他們分置在不同的客房裡，爲此薩瓦爾還翻了白眼——在她耳邊悄聲訴說自己爲何討厭這棟房子。他說自己不能也無法在這裡生活，但他知道，母親希望他能回來，所有死去的祖先也都這麼希望。

薩瓦爾說給瑪蒂達聽的故事

五年後，也就是一九一四年，歐洲拉開大戰序幕。遠在美國來自哈布斯堡王朝及德意志帝國的移民也開始相互仇視，李察跟所有移民一樣，爲留在家鄉的親人擔足了心。但在一九一五年的夏天，李察突然陷入熱戀的溫柔鄉中：他認識了一位美女，並對她一見鍾情。一天，李察經過威斯康辛大道上一家新開的鞋店，桃樂絲·奧弗萊賀提正在布置櫥窗，兩人眼神交會，擦出火光。同一天，兩人約好共進晚餐，從此便常在一起。桃樂絲的父親爲愛爾蘭裔，祖父母是第一代移民，母親剛過世不久，一半印第安，一半波蘭血統。之前全家住在芝加哥，父親是製鞋能手。母親疾病纏身多年過世後，父親決定展開新生活，帶著四個女兒離開芝加哥來到密爾瓦基，實現了多年來不敢付諸行動的夢想：開一家鞋店，自己當老闆。

打從一開始，鞋店的生意就很不錯，李察及桃樂絲的感情也是。李察發現自己眞的愛她，衷心認爲可以與她共度一生，但身邊朋友全都反對。這段戀情違反了移民圈內不成文的規定：移民者要不從家鄉帶太太（或丈夫）過來，要不就在移民圈（來自同一個地區）內找對象。但李察不在乎，他喜歡那個親密和諧的家庭，喜歡姊妹之間永遠不停嘴的閒聊，喜歡開朗冷靜的父親，但最喜歡的，還是這個家庭的大女兒。若眞有遺憾，那就是他無法用母語跟桃樂絲交談，無法貼切表達出某些感觸，無法毫無窒礙與她交流。但另一方面，他又喜歡桃樂絲開放的態度，不像家鄉的年輕女孩全是虔誠的天主教徒，嚴格遵守規範。在一九一七年夏天某次野餐，桃樂絲就將自己給了李察。

兩人常在一起，到了一九一八年春天，也開始試探未來的可能性。但一九一八年十一月，李察收到妹妹從家鄉寄來的求助信後，一切都改變了。儘管李察曾無數次在腦海中描繪著與家人再度相見的情景，但絕對不是這樣的情況。他想與桃樂絲訂婚，想與她結婚，然後帶著她到歐洲度蜜月，他一直想帶她去看看自己從小長大的地方。

妹妹的家信帶來噩耗：五個喝得醉醺醺的俄國大兵大搖大擺地闖進老家，將臥病在床的母親跟大哥約瑟夫打到不醒人事，再把門窗緊閉後放火燒了房子。同一時間，父親正帶著其他孩子在森林裡砍柴，回家見到以石頭建造的老家已燒到什麼都不剩，屍體燒得焦黑成炭。僥倖逃過一劫的他們只得棲身於簡陋的木造倉庫，幾乎沒東西可吃。李察揮別桃樂絲及她的家人，在十二月二十四日那天抵達家門。他離家已十餘年，再次回到家鄉簡直不敢相信自己眼中所見。

李察馬上明白自己短時間內不可能再回到美國，他必須拿出在美國掙來的錢來蓋新房子及重建鞋廠。他寫信給桃樂絲，告訴她自己至少得在家鄉待上一年，於是一年變成兩年，最後就是一生了。

薩瓦爾

在二次大戰奪去茵格兄長們的性命後，她便繼承家產，並肩負起傳承的責任。爲了保留姓氏，她決定不結婚。因此薩瓦爾跟隨母姓，父母始終不曾結婚。這是薩瓦爾不能理解的事：父親出身於虔誠的教徒家庭，爲了自己始終未婚，孩子爲私生子一事頗受責難，父親一直想結婚，但對母親茵格來說，保留姓氏比什麼都重要。

「這棟房子及姓氏永遠比住在裡面的人重要。」嘴角帶著一絲苦澀，薩瓦爾這麼說。母親這一生，就爲了這棟房子及庭院而活。爲了防止房子繼續殘敗下去，母親從早到晚忙個不停，忙著灑掃刷洗，從樓上刷到樓下，再從樓下洗到樓上。又忙著編織各種勾花，做成蓋巾及抱枕，企圖掩飾殘舊之處。她要將這棟房子留給她唯一的兒子——曾是人丁興旺的桑德家族最後的傳人。她相信，薩瓦爾大學畢業後會回到這裡定居，會帶著太太跟好幾個孩子住在這裡，在書房裡寫小說，成爲名利雙收的全球知名作家。茵格絕不可能賣掉這棟房子，桑德好幾代家族都靠著這棟房子——除了製鞋廠之外還有一小塊農地——維生。在她的想法裡，歷史悠久的東西怎麼可以賣掉。薩瓦爾最討厭聽到歷史悠久這個詞，繼承這棟房子，代表還要繼續傳承下去，薩瓦爾的子女要繼承它，再繼續傳給下一代，一代接一代。

青少年時期，薩瓦爾只挨過一次母親的耳光。那一次是他宣稱如果有人逼他一生待在這裡的話，他會拆掉這棟破舊的老石屋，蓋一棟平房別墅。整個童年，他都不斷接受耳提面命，有一天要繼承並維護這棟房子，彷彿這是命中注定，是他這一生的使命，是他對祖先的虧欠，必須將此生的精力都用在這棟房子才能償還。

桑德是黑格納斯村的大家族，從事製鞋販售超過兩百年，到了一九七〇年代中期，茵格不得不狠心關閉鞋廠。那時，人們買鞋時不再到村裡的製鞋廠，而是到城市裡的鞋店，穿壞的鞋子也不再修理，而是乾脆扔掉。茵格是製鞋師的女兒，長大後接手家族事業，直到有一天突然得領失業救濟金過活，鄰居全都竊竊私語，傳說她已破產。但就連薩瓦爾也不知道母親是否眞的破產，因她閉口不提此事，不過他猜母親應該有欠銀行的債務，因爲日子突然拮据起來，每一分錢都要當成兩分來用。母親原本就不怎麼會做生意，常常跟代理購進一箱箱優雅的女鞋，毫不考慮市場需求。後來，她終於在一家倉儲公司找到兼職工作，開始騎腳踏車上班，因她從未有過駕照。

從前，桑德家族的房子其實並不大，而且樸素許多。但在房子被俄國軍人燒毀後，茵格的父親李察在原地新建一座大房子。那場大火，燒死了李察的母親與長兄。事發後，大妹寫了一封信，寄給遠在密爾瓦基的長兄，詳述這場令人顫慄的災難。三個月後，李察出現在母親及大哥的墳前，最後回到家人棲身的簡陋木造倉庫，對這四年戰爭給家鄉及家人所帶來的重大損傷震驚不已。更何況，桑德家的處境在這一區中已經算比較好。現在，李察成了家裡最年長的兒子，自覺有撫養老父及年幼弟妹們的責任。他決定延緩返回密爾瓦基的歸期，一方面無法狠心棄家人於不顧，另一方面也是因爲安娜，他實在喜歡這位鄰村的農家女孩。

於是李察拿出自己在美國攢下來的錢，依照自己繪製的藍圖在原地興建一座更美更壯觀的房子。這一年間，他多次搭火車到鄰近的城市，找銀行換掉帶回來的美金。計畫及興建這棟房子，還有完工後的持續維護，成了他這一生最重要的使命。在全家動員全力幫忙下，新居於一九二〇年落成，闊綽壯觀的新房子，彷彿座落在南卡羅萊納州的莊園豪宅。在這一塊破敗窮困的區域裡，令人不禁側目，附近居民也紛紛前來朝聖，一睹爲快。蓋完房子後，李察重開製鞋廠，並娶安娜爲妻，從此再也沒回去密爾瓦基，儘管他曾經如此計畫。婚後孩子一個接一個來，他們有了兩個兒子及三個女兒。到了一九三五年，又迎來一個小女兒，成爲李察的最愛——與房子並列。除此之外，李察就是一個沉默寡言且不容易親近的人。

瑪蒂達說給薩瓦爾聽的故事

當時，也就是差不多十四年前，我開了五小時的車接他。我自己沒車，只能跟朋友席薇雅借她的Volvo開。很快我就找到地址，初次見面也很順利，完全沒有問題。之前我以爲會很困難，爲可能發生的狀況設想各種解決方法。但不管會發生什麼事，這次的行動從頭到尾都沒有任何替代計畫。我爬過圍牆，悄悄溜到樹邊，樹下的他睡得正香甜，附近沒人，一個人都沒有，這也實在太過輕忽了！整個庭院散發著平安寧靜的氣氛，除了樹上的鳥鳴聲，什麼聲音都聽不到。我抱起他，走進車子裡，對這麼輕易就達成任務一事隱隱感到失落。

回家時突然遇到雷陣雨，雨勢太大，車子只能以每小時七十公里在高速公路上慢速前進。此時天色已晚，對面來車的大燈顯得異常刺眼，不久眼睛就開始刺痛流淚。我一直不太會開車，又經驗不足，我得非常專心。而他又在位子上不安地動來動去，使我更爲焦慮，直到他終於睡著，我也鬆了一大口氣。回到家後夜已深了，我抱著他走進他的新家。與他一起躺在床上，疲憊不堪卻異常幸福的我立刻睡著。他終於屬於我，我終於不再孤單，我幫他取名尤利烏斯。

薩瓦爾：「妳說的這個故事眞是詭異。」

瑪蒂達：「是嗎？」

薩瓦爾：「這到底是什麼故事？」

瑪蒂達：「你不知道嗎？」

薩瓦爾：「不知道。」

跟他在一起的第一天自然是最困難的。他一直哭，我幾乎無法安撫他。更麻煩的是他還生病了，而且病得頗重，連著幾天都發高燒，燒到快四十一度，我得找藥給他吃。幸而最後退燒，而且很快便康復了。要是一直高燒不退的話，我還眞不知道該怎麼辦，我也不能就這樣帶他看醫生。大病過後，他顯得平靜許多，不再總是啼哭。

打從一開始，我便決定要他過規律的生活，每一個小時，每一個活動都事先安排好。現在正好是暑假，我有大把時間陪他。我們一起做運動，一起看繪本，玩遊戲，做勞作，畫畫，總是親密膩在一起，絕對不讓彼此覺得無聊，而他總是興高采烈地接受我安排的一切。

最困難的是我不能跟他說話。有時我會不小心脫口冒出一兩個字或甚至整句話，他總是好奇地看著我。爲了讓自己嚴守不說話的原則，最初幾個星期我去看他時，總會用膠帶把嘴巴封住。他也依樣畫葫蘆，自己在嘴巴、鼻子、眼睛上貼了一堆膠帶。當我打開小電視機時，也總是記得關靜音。

薩瓦爾：「爲什麼故事裡的『我』不跟孩子說話？」

瑪蒂達：「因爲她要這孩子在沒有語言的環境下長大。」

瑪蒂達與薩瓦爾

第一次拜訪薩瓦爾的母親，他們在那裡待了兩夜，第三天回維也納。他們在歸途的火車上吵了起來，因爲瑪蒂達試圖說服薩瓦爾諒解母親，並力陳住在那樣的大房子裡也是有不少好處。薩瓦爾不爲所動，依然堅持己見。後來幾次的探訪也都待不久，薩瓦爾完全無法忍受那棟房子，在那裡總是焦躁不安。每一次離開時，茵格總是直挺挺地站在大房子前，昂著頭與他們揮別，見她這樣總是令瑪蒂達覺得不忍而難過，因此在歸途的火車上，兩人不是吵架，便是各自看著窗外沉默不語。

有一年的復活節，他們又去探訪薩瓦爾的母親。那一次，瑪蒂達試著站在茵格同一邊，她實在太想畢業後跟薩瓦爾回到這棟房子生活，在這裡跟他結婚生養小孩。她非常樂意扛下重責大任，延續這個姓氏並維護歷史悠久的家業。她完全可以想像自己如何將這棟房子重新打理得井井有條，孩子們如何在庭院裡打鬧玩耍。因此，當她在廚房幫茵格的忙時，謹慎委婉地透露出自己的願望：「能在這棟房子生活並養大孩子，一定是件美好的事。」

聽到這話的茵格打量她幾眼，說：「我不覺得妳適合這棟房子。」就這樣，沒其他，這話自然有她不適合薩瓦爾的意思。對茵格來說，薩瓦爾跟這棟房子連在一起，不能分開。

茵格一定將這件事告訴薩瓦爾，因為在回家的火車上，他跟瑪蒂達發了頓大脾氣，並逕自走到另一節車廂，丟下她一個人垮下雙肩顫抖，萬念俱灰。她以為他提出分手的事已是不可挽回。火車抵達目的地，兩人各走各的，分別回到自己的住處。兩天後，薩瓦爾出現在她面前，跟她道歉但要她保證，以後再也不會跟母親站在同一個立場，這是兩人繼續維持關係的條件。最後，他們一起吃晚餐。薩瓦爾說自己是個城市人，絕對不可能搬進那棟房子生活。

從此，瑪蒂達不再提起自己的願望其實跟茵格的期望相差不遠，也不再總是隨著薩瓦爾探訪茵格，反正每次探訪結束後總是吵架，他暴躁不安，她沮喪不已。為了禮貌，她決定一年拜訪一次就夠了，通常總在夏天跟著薩瓦爾一起前往。

許多年後，在她與在薩瓦爾都過了三十歲後，茵格開始試著與她結盟。那幾年來茵格變得很多，看起來相當衰老且個性變得溫和。她的兒子大學肄業，沒有成為知名作家，完全不打算回老家定居，更沒有成家生子的打算。她只能委婉地問瑪蒂達為什麼不趕緊結婚，然後搬回老家住。附近小城有間中學，瑪蒂達可以在那裡教書，或許，瑪蒂達可以說動薩瓦爾。瑪蒂達只能聳聳肩，這種事，薩瓦爾打死都不會同意。

薩瓦爾說給瑪蒂達聽的故事

一九一八年十二月二十四日，李察站在母親及大哥的墳前，背後傳來一陣狗吠聲。他轉身，見到一隻老牧羊犬，旁邊站著纖細的金髮女郎，有著一雙藍色大眼，臉上點點雀斑，輕聲對他說：「里奇有好好保護我。」一霎間，記憶都回來了，那張聖母像，他在航向新世界的船上及在紐約埃利斯島等待通關時，一直緊緊貼身攜帶的小畫像，但在展開新生活後卻忘得一乾二淨；還有赤著腳的十四歲安娜，在高高草叢中朝著他跑來，後面跟著隻幼犬。

安娜每星期都會來探望他好幾次，盡全力幫他重建家園：她煮飯給李察的家人及工人吃，幫忙他們洗衣服，以及照護李察生病的父親。只要有需要，她總是以自己的方式，默默動手幫忙。李察感念她的勤奮，並愛上她。安娜毫不隱瞞自己也愛李察，落落大方地承認自己一直希望他會回來，甚至相信他一定會回來。但她拒絕將身子給他，一定要等到結婚後才行，她說。這點也令李察感到驚奇。

就這樣，李察在一九一九年十月站在石牆前發愣。很快地，這裡就會出現一座房子。將會是他的房子嗎？還有圍繞這一切他所該下的決定：他該選擇什麼樣的生活？應該跟誰結婚？他不知道，只是繼續拖延著。時間應會決定一切，他想，時間久了就會有答案。只是，安娜就在這裡，桃樂絲在遙遠的那一邊，時間站在安娜這一邊。如果桃樂絲不斷寫信來催他求他，如果每星期都寫信告訴他，她有多麼想念他，那他就會回到她身邊，李察這麼想，儘管他也不確定自己承諾過她什麼了。只是不到一年，桃樂絲就沒再寫信來了，李察非常失望，也很難過自己這麼快就被遺忘。一九二〇年他跟安娜求婚，但一直到婚禮當天他還是很徬徨，不確定自己的決定是否正確。結婚後這些徬徨都被壓了下去，取而代之的是忙不完的工作，以及盡不完的責任與義務。但他快樂嗎？他不知道，也沒人問他。

孩子一個接著一個出生，每年一個，連著五個孩子。李察不想要這麼多孩子，但安娜是虔誠的天主教徒，反對避孕。安娜的父母在無法自理後也搬來與他們同住，蒙古症的弟弟也一起搬進來，全都需要有人照料。還有卡爾鬧著要分家產，妹妹們終於找到歸宿，接著姍姍來遲的么女——茵格柏格出生，然後就是二次大戰，摧毀了人們在一戰後辛苦重建的一切，也奪去了李察兩個兒子的性命。

安娜除了工作及禱告，還是禱告及工作。她不跟李察閒聊，不跟他跳舞、笑鬧，或游泳。她不跟他一起散步，不讀報紙，更不會跟他討論世局發展，她不會在眾人面前親吻他的嘴，她甚至不問他過得好不好。她精瘦結實，認爲所有事情都是天主安排，人們只要心懷對天主的虔敬過生活，一切都會變好。而日子，也就這樣過去了。

後來在閣樓整修擴建時，有人發現角落邊有個沾滿灰塵的盒子，裡面全是舊照片及舊信件。李察拿出來一一翻看，發現竟有一些桃樂絲及她們家人的照片，還有他們兩人的合照，以及當年他剛回來時，她寫給他的信。他驚訝地拾起這些信件重讀，都是陳年往事了，那些在密爾瓦基的日子，回想起來彷彿是上一個世紀的事，一切變得那麼模糊。眞的是他嗎？他記起很多事，連抉擇前好幾個星期躊躇的心情也想起來，這也是三十年前的事了。如今，他已經六十歲了，捫心自問自己過得不快樂，當初下的決定顯然是錯誤的。而當年寫信催他回家的大妹，某次回家發現他在讀舊信件時，竟然告訴他其實桃樂絲一直有寫信過來，而且連著好幾年，只是都被她截去燒掉。當時，她竭盡全力阻止李察再度離開，大哥約瑟夫死後，李察就是這個家族的長子，是最適合繼承桑德家業的人。她認爲弟弟卡爾並非適合的人選，家產及祖傳事業應該交給能承擔這個重任的人。當她看到李察震驚的神色，她又接著說，家族的福祉比起個人的快樂應當重要多了，而且，他不是成功了嗎？事業有成，又有個美滿的家庭，他難道不是很幸福嗎？

兩年後，安娜因中風去世。半年後李察決定到美國一趟，他想知道桃樂絲後來如何生活。當這個老人坐在飛機安穩地睡去時，夢見自己還是個年輕小伙子，剛抵達紐約港，桃樂絲朝著他跑來，激動環抱住他。

瑪蒂達：「然後呢？他見到她了嗎？她變成什麼樣了？」

薩瓦爾：「結局是開放的。」

瑪蒂達：「這太欺負人了！」

瑪蒂達與薩瓦爾

薩瓦爾九歲時在學校參加邦政府舉辦的作文比賽獲獎，比賽主題是「我的夢想」。參賽的學生大多是四年級女生，而薩瓦爾還在三年級。大部分學生都是描寫一個沒有飢餓與窮困的和平世界，或者夢想環遊世界。獨獨薩瓦爾寫了個奇幻故事，故事標題是《裸天使的世界》，內容描述群山中一個龐大的地底世界，裡面住著人類的守護天使——裸天使。有一天，一個小男孩突然闖進這個世界。男孩被允許旁觀裸天使如何執行他們的任務，最後男孩將他們從惡魔手中解救出來，同時也解救了全人類。

瑪蒂達第一次前往薩瓦爾老家「舒若特」時，茵格就翻出這篇作文給她看，還允許她拿回維也納影印，下回再來時還她。多年後，瑪蒂達的一位學生在作文考試時寫了一篇非常精采有關天使的奇幻故事，令瑪蒂達想起薩瓦爾這篇作文，又把它翻出來看。

兩篇文章相似度驚人的高，薩瓦爾的文筆自然幼稚些，但他當時也比另一篇文章作者菲利普．昆皮奇——瑪蒂達最喜歡的學生——小四歲。儘管瑪蒂達並不相信命運，但她仍將這兩篇相似的文章視爲命運的招喚。以這兩篇文章爲基礎，她開始設想各種故事，詳盡描繪出一個地底下的天使世界，突然被少年闖入，引發出一連串的冒險事件，最後打敗撒旦拯救天使世界，也拯救全人類。當她將這個想法告訴薩瓦爾，並建議他寫這個故事時，他只是嗤笑，說自己不是青少年文學作家，他的作品是嚴肅正經的文學，是給成人看的。但最後他敵不過她熱心的遊說，終究還是提筆了。他們一起花了一年半的時間，寫出了三本青少年小說《天使之翼》、《天使之童》、《天使之血》。在這段寫作的時間裡，他們相處極爲融洽，所有生活上的問題都退居幕後，多年不再的親密又出現在兩人之間。

薩瓦爾曾說自己很幸運，在一九六七年寫下裸天使的故事，若是提早個十年，應該會因寫出這種故事受罰。當年比賽後選出三十篇最好的作品集結成書，標題是《兒童的夢想》，並邀請老師家長參加出版典禮上公開介紹。除了冗長沉悶的官員致辭，所有得獎的小朋友，都要在觀眾面前親自朗讀自己的作品。薩瓦爾排在兩個女孩之後，是第三個上台的小朋友，站在碩大的麥克風後朗讀自己寫的故事。那一天，他穿著稍稍嫌短的棕色天鵝絨繫腰長褲，綠橘色方格襯衫，額前斜斜的瀏海，以緩慢但自豪的聲調，大聲朗讀自己寫的故事。茵格曾鉅細靡遺描述這一幕，瑪蒂達聽得生出滿腔的愛憐之意，眼前油然浮現小薩瓦爾的身影。

從此，薩瓦爾便立志要當作家，父母也非常支持他。他的父親湯馬仕是中學老師，但自認爲是個作家，他寫詩，寫短篇、中篇及長篇小說，但寫完大多堆在書桌抽屜裡。在他四十五歲時，終於找到一家小出版社願意出版一本薄薄的詩集，出版後銷路相當慘澹，只在親朋好友間賣出約兩百本。從此之後，他再也找不到出版社出版自己的作品。湯馬仕一直希望兒子會比自己成功，幾年後，他便死於氣喘。

十六年後，瑪蒂達與薩瓦爾重逢

薩瓦爾：「雪花眞是漂亮，如此綿密輕柔。」

瑪蒂達：「我想像中《天使之翼》第三章裡描寫的雪花就是這樣。」

薩瓦爾：「我也這麼想。」

瑪蒂達：「『如果他們能在雪堆下找到以利亞思的話，伊蓮娜希望自己會在現場。這時，她突然覺得臉上癢癢的，抬頭一看，發現天上正飄著陣陣綿密輕柔的雪花，悄悄地落在她的臉上，轉瞬便溶化不見，彷彿從未存在過』。」

薩瓦爾：「這三本書妳熟到都背下來了？」

瑪蒂達：「只有第一本我最喜歡的片段。」

薩瓦爾：「妳最喜歡哪些片段？」

瑪蒂達：「第三章，雪崩後他們不斷尋找以利亞思的屍體，但一直找不到；第四章，以利亞思半夜突然出現在伊蓮娜的床邊；還有第七章，他們兩人一起離開天使世界回家，站在母親面前，把母親嚇得差點昏倒。」

薩瓦爾：「我最喜歡的片段是這三本書的第十三章。」

瑪蒂達（笑）：「沒錯。最後的高潮你總是寫得最順也最快。對了，幾年後菲利普・昆皮奇死於意外。」

薩瓦爾：「誰是菲利普・昆皮奇？」

瑪蒂達：「就是那個學生。」

薩瓦爾：「哪個學生？」

瑪蒂達：「在學校作文考試時寫出《天使的世界》的那個學生？你記得嗎？那篇引發我們寫出三部曲的文章。」

薩瓦爾：「他怎麼死的？」

瑪蒂達：「在拉克斯山滑單板滑雪出意外。」

薩瓦爾：「這不是眞的吧！」

瑪蒂達：「但不是因爲雪崩，而是被一位滑雪的年輕人衝撞到，彈出去撞到樹。當時他沒帶安全帽，死在送醫急救的路上。」

薩瓦爾：「我的天啊！」

瑪蒂達：「你知道他最後一句話是什麼嗎？據說他死前跟急救醫生說：『我現在要去天使世界了。』」

薩瓦爾：「這眞令人毛骨悚然，我都起雞皮疙瘩了。」

瑪蒂達與薩瓦爾

瑪蒂達喜歡跟作家談戀愛，特別是他們剛在一起時，同學都很羨慕她，畢竟文人墨客並不那麼常見。唯一取笑薩瓦爾職業的人，只有她的母親。

他們相處最融洽的時刻，便是一起談論書，或是薩瓦爾的寫作計畫。只要講到這些，他們可以興致高昂談上好幾個小時都不覺得疲倦。薩瓦爾在寫小說時，總是不斷詢問瑪蒂達意見，完稿後，瑪蒂達總是第一個讀者，她從來都能馬上掌握到薩瓦爾小說想表達什麼概念。

薩瓦爾在腦袋中編故事的速度遠快於寫下來的速度。有了靈感，他能很快地在腦袋中組織發展出各式各樣的故事，困難的是之後還得提筆一字一句寫下。他喜歡讓故事漸漸在腦袋中成熟，編出各種可能性，直到故事結構及人物特性都能吻合無誤，但眞正下筆後，他常常很快就失去耐性。

「讓故事在腦袋裡漸漸成熟很棒又有趣，但提筆寫下來完全就是一件自虐的事。」他常這麼說。因此，在他開始下筆後，瑪蒂達就必須常常幫他打氣，並敦促他繼續下去。否則他常常在寫了幾個月後，就又想寫新的小說了。這時，瑪蒂達得想盡各種方法說服他，不斷勸誘，有時甚至得發脾氣，才能阻止他中斷眼前的小說另起爐灶。

他和瑪蒂達在一九九四及九五兩年間寫下青少年小說《天使之翼》、《天使之童》、《天使之血》三部曲之前，已寫了五本小說。但這五本書都未受到矚目，雖然書評反應不錯，銷售量卻不高，除了第二本之外，其他都未能再刷。第二本書名是《五男五女》，是瑪蒂達最喜歡的作品。《五男五女》是由十段長篇對話組成，而瑪蒂達認爲，對話書寫正是薩瓦爾最擅長的。兩人甚至還玩起遊戲，扮演書中角色，將全書從頭到尾演過一遍。爲此，瑪蒂達特地買了紅色高跟鞋，還學會如何做羅宋湯。

書中第一章是蘇俄妓女盧德米拉遇見喝醉酒的十九歲德國軍人安迪，並上前搭訕。安迪正在享受週末，跟朋友在酒吧裡喝得爛醉，只想找張床睡覺。盧德米拉那一晚則需要再找個嫖客，否則會被拉皮條的找麻煩。她將安迪拉進她破舊的小房間，但安迪卻沒有做愛的興致，兩人於是開始聊天。安迪想起鄉下農場裡的快樂童年，鄰居農夫家就有一隻叫盧德米拉的乳牛。還想起母親離開父親，帶著他到城市，那時他十一歲，很久都無法習慣城市生活。

盧德米拉則說起七年前在莫斯科街上，兩個男人跟她搭訕，告訴她到西方來當模特兒的未來有多美好，結果還沒到維也納，她就被囚禁了，護照也被沒收。從那天起，她就開始賣身，始終逃不出皮條客的手掌心，總是挨打。她說自己很會走台步，硬要表演給安迪看，全身赤裸穿著紅色高跟鞋在他面前扭著腰走來走去。最後安迪清醒了些，性慾也被挑起，兩人遂上床做愛，只是安迪很快就繳械了。離開前盧德米拉跟他要錢，才發現安迪口袋只剩五十先令，其他都買酒喝掉了。走的時候安迪頗爲自豪，這是他的第一次，但盧德米拉很沮喪。

在接下來的故事裡，變得比較有自信的安迪遇見餐廳女侍瑪莉；瑪莉去跟旅館老闆亞柏特面試；亞柏特在自己的公寓裡接待年輕訪客伊；伊娃跟他的律師先生庫爾特慶祝結婚週年紀念；庫爾特則在辦公室勾引法律系學生西蒙娜；西蒙娜跟搖滾樂手湯姆在多瑙河畔打野炮；湯姆在一家偏僻隱蔽的旅店跟女明星諾拉見面；諾拉在自家公寓接待集團經理馬汀。

最後一章集團經理馬汀爛醉後醒來，發現自己躺在蘇俄妓女盧德米拉的房間裡，卻完全想不起自己怎麼會來到這裡。頭痛欲裂讓他根本起不了床，整個人頭暈目眩又反胃想吐。盧德米拉端了一碗自己昨晚用紅菜頭燉的羅宋湯到床邊給他，坐在床邊跟他講了一早上的童年往事：她在俄羅斯東邊一個小村莊長大，離鄂霍次克海沿岸城市馬加丹不遠。那裡冬天氣溫降到零下四十度，距離加拿大還比莫斯科近。在她五歲時，父母受不了酷寒，將她丟在那裡，獨自到莫斯科展開新生活。偶爾寫信過來，安慰留在酒精中毒的祖母身邊與二十隻貓共同生活的小女孩，保證很快就會接她過去，接下來好幾年的時間都毫無音訊。在盧德米拉滿十八歲後，自己搭飛機去莫斯科找父母。在機場遇到兩個男人搭訕，讚美她不只有張模特兒的臉，還有模特兒的身材。他們問她想不想到西方去當模特兒，一開始在維也納發展，以後會去更多的城市，或許還可以到美國。盧德米拉毫不猶豫地答應了，不過在那之前她得先找到父母。她被安置在一間小旅館，男人答應幫她找父母，最後說找不到了，勸誘她先去國外幾個月，等賺了大錢再回去父母身邊。幾天後，盧德米拉來到維也納，被迫面對殘酷的現實，完全放棄回莫斯科找父母的希望。集團經理覺得在她身邊很舒服，很久沒有這麼舒服了。盧德米拉幫他泡了一杯藥草茶，還幫他按摩腳。他被她臉上的表情感動，答應要幫她，會透過關係幫她弄到新護照，幫她逃離這裡。最後兩人上床，事後卻對這一夜的激清毫無印象。中午，集團經理離開盧德米拉的房間回家，發現情人已在家等他。他已離婚多年，情人策畫了個兩人小旅行，給了他意外驚喜，車子已停在門口等著，旅行箱也打理完畢。兩人開車前往山區，他再也想不起蘇俄妓女了。

在薩瓦爾的五本小說中，瑪蒂達最喜歡這本以史尼茲勒《輪舞》爲藍本的小說。對她而言，《輪舞》就像她與薩瓦爾感情的入門卷，若一九八〇年五月那堂課上，老師沒有提到這部文學作品的話，薩瓦爾就不會跟她開口借筆跟紙。從此，瑪蒂達就覺淂自己與史尼茲勒這位維也納醫生及作家有著特別的連繫。

瑪蒂達說給薩瓦爾聽的故事

暑假結束又得回學校教書時，我有點緊張，不知這樣雙重的祕密生活是否能繼續維持。每天他都得獨自一人在家好幾個小時，只有下午、晚上、夜裡，還有週末，我才可能跟他在一起，但也沒辦法都在一起。我得整理庭院，還得出門採買生活用品，更何況如果我在課餘時間突然不再跟席薇雅及同事碰面的話，他們一定也會覺得奇怪。我絕對不能引起別人的注意，因此我繼續參加讀書會、跟朋友去遠足郊遊，也維持到劇院看戲的習慣。有一次，警察來找我問了一些問題，但半個小時後就離開了。

基本上一切都很順利，我不在家時，他可以開電視看兒童節目，當然還是靜音模式。他總是聚精會神地看電視，就像被催眠一樣，眼睛睜得大大，盯著電視螢幕，上身前後輕微晃動，一邊模仿電視裡的卡通人物或眞人，嘴巴一張一闔卻沒發出聲音，像隻離開水的魚，掙扎地想要呼吸。旁邊櫃子總放著畫筆及勞作用品，他想要隨時可以拿出來。很快地，我就發現一切都沒問題，也不再緊張，人也輕鬆許多。

薩瓦爾：「妳的故事越來越詭異了。」

瑪蒂達與薩瓦爾

每個人生命中都有一個特定的基調，特定的主題，爲這一生的總譜及旋律定調。這種基調多半與出身息息相關，會影響人的一生，且會越來越強烈，無論多麼努力降低這種影響力，但人們永遠無法掙脫。有些人能清楚意識到自己人生的主題，或至少在人生某些階段時意識到，但有些人則否。而無法意識到的原因通常是因爲拒絕承認。通常這個基調會衍生出第二個基調，並因此使得主要基調帶上特殊的個人風格。

有哪些基調呢？例如，茵格的基調明顯就是忠實，她一生都遵循這個主題，甚至死後仍然繼續。她對丈夫湯馬仕忠實，一生只有他這麼一個愛人，從未對別的男人假以顏色；她也對兒子忠實，爲他付出一切。但她最忠實的對象，是她的祖先及祖先傳承給她的老家。臨死前，她跟一位老朋友成立了一個基金會，自己同時是基金會的出資人跟管理人，而基金會唯一的財產就是那棟老舊失修的大房子「舒若特」。受益者則是薩瓦爾及他所成立的家庭（如果結婚的話），目的則是讓薩瓦爾一生都無法賣掉這棟房子。茵格最害怕的事，就是自己一旦死去，兒子馬上就會賣掉房子，她得全力阻止這種事情發生。薩瓦爾死後只能將房子傳給下一代，如果沒有孩子的話，就捐給作家協會。茵格生命中的第二個基調就是強硬，無論對自己或對別人都一樣，茵格的忠實並不總是柔情蜜意。湯馬仕的基調則是溫柔，瑪蒂達母親瑪塔的基調明顯就是恨，而父親保羅則是奉獻。

瑪蒂達的基調是積極進取，勇於接受生命各種挑戰，她自己相當清楚，也以此爲生活目標，並引以自豪。她奮發向上，將生命掌握在自己手中，知道自己要什麼，並堅定朝著目標前進。還有什麼比這個更充實的人生嗎？她的性格就是積極進取，全身散發出來的每一個氣息都是：「我不浪費生命，所以我存在」。但她不想被人說自己冥頑執拗，因此總是故作輕鬆愉快的姿態來掩飾，但這種掩飾並不總是成功，因此她的的第二個基調便是空虛煩悶。

在當上老師的前十年間，她從未缺課，就算罹患支氣管炎也要帶病上課，絕不願跟學校請假。當她發現學生或同事有麻煩時，總是立刻行動，盡己所能地幫忙對方。當別人說她總是生氣勃勃，或當學生家長稱讚她說，從未看過有老師像她這樣用心地以各種方式啓發學生，她便覺得自豪。她總是注意自己的服裝儀容，並總是在工作崗位上，在朋友之間，以及薩瓦爾前面展現出一付親和友善、愉快及樂觀的態度，儘管內心深處常常出現剛好相反的情緒。由於母親給她的印象實在太過深刻：肥胖、體臭、暴躁、萎靡，還有油膩膩的頭髮及骯髒的圍裙，總是癱坐在沙發裡。因此她一定不要自己變成這樣，並每天警惕自己決不能放鬆。就像強迫症，她視隨心所欲爲不可饒恕的死罪。就連週末及假期瑪蒂達也不放過自己，總是忙著準備教材，批改學生作業，或是計畫休閒活動，去郊遊遠足，去騎自行車，去看表演，或去參觀展覽，總之不可遊手好閒，無所事事。

但只有在薩瓦爾面前，她無法因爲積極進取的性格而加分，這令她頗爲沮喪。

瑪蒂達說給薩瓦爾聽的故事

他兩歲到八歲之間的日子，其實最美好。之後就有很多問題，他身體越來越強壯，常常突然發脾氣又無法控制。最糟糕的狀況總是在他尚未睡著，又有人在樓上大門按鈴，我必須儘快離開他時發生。他總是不讓我走，不對，應該說是他讓我走，但要跟著我一起走。他想認識這個房間之外的世界，無法理解爲什麼被禁止這麼做。我束手無策，只將門開一小縫隙擠出去，再從外面將門鎖上。但他總是緊緊攀在我身上，打我，咬我的手臂和腳，我除了回手外別無他法。這樣的衝突對我們兩個都很可怕，我甚至買了棒球棒，拿著它進門出門。一年後，他不再害怕球棒，仍舊跟著我走到門邊。有一次，我用力敲他的左手，可能敲斷了指頭關節，整隻手都腫起來。至今，那隻手仍然無法用力，模樣扭曲僵硬。

薩瓦爾：「停，瑪蒂達，不要再說了，這太殘忍了！」

我得用其他方法解決這個問題。雖然我一直設法不這麼做，但實在沒有其他辦法了：趁他熟睡時，我在他腳上套上鐵鍊的一端，用鎖鎖好，另一端固定在牆上的鐵環，也用鎖鎖好，鐵環是在我接他回家之前就已砌進牆裡。腳上鐵鍊的長度，可以讓他自由在屬於他的空間內活動，他可以去浴室、去臥室，或到廚房客廳還是走廊都沒問題，但他無法靠近門邊。我精確計算過鐵鍊長度，他只能停在門口前一公尺處，不能再靠近。就算他伸直手臂，頂多指尖能觸到門開啓後的邊緣，但絕對無法走出地下室。每次我離開，他總是站在那裡，伸直手臂，對著我口齒不清地叫喊著。另外，我也開始給他服用鎮定劑，那時他約十歲左右，我實在沒有其他辦法了。

我不總是跟他一起睡，就像他還小的時候那樣。只要我覺得跟他在一起令我疲憊不堪的話，我就會離開。但如果我們一起共度了安靜愉快的夜晚時，我就會讓他拉著我的手到床上去，這樣的情況一星期中約會發生三到四次。我喜歡端詳他的睡顏，我會輕輕撫摸他深棕近黑色、濃密到幾乎無法梳理的捲髮。直到今日，沒有那些皺巴巴的舊衣物，他仍然無法入睡。他總是將它們緊緊壓在脖子及面頰下，那是一件印有拖拉機圖案的藍色T恤，以及一件牛仔吊帶褲，這是我帶他回來時，他身上穿的衣服。

薩瓦爾：「藍色T恤，上面有拖拉機圖案？牛仔吊帶褲？這……這是雅各布失蹤那天穿的衣服！」

瑪蒂達：「沒錯。」

薩瓦爾：「妳到底在說什麼故事？故事裡的『我』帶了一個小孩回家，讓他在沒有語言的環境下長大，用鐵鍊把他栓起來，還跟他做愛，儘管他才十六歲而已？」

瑪蒂達：「還要等到十月他才滿十六歲。」

薩瓦爾：「妳是要說妳綁架了雅各布？」

瑪蒂達：「你兒子是個很棒的情人。」

薩瓦爾：「住嘴，瑪蒂達，這太齷齪了！妳不可能綁架雅各布！」

瑪蒂達：「你怎麼那麼確定不可能是我？」

薩瓦爾：「好，妳贏了！這就是妳想要的嗎？妳比我會幻想！妳比我更該成爲作家。這樣滿意了嗎？」

瑪蒂達：「就這樣？你沒有別的話要說？你不報警？你不想見見他？」

薩瓦爾：「妳從新聞報導中知道他被帶走時穿什麼衣服！」

瑪蒂達：「我不是從新聞報導裡知道的。」

薩瓦爾：「我不相信妳說的任何一句話！」

瑪蒂達：「爲什麼不相信我的話？告訴我，薩瓦爾！爲什麼你會有這種反應？通常在這種情況下，不是應該搶去拿旁邊玻璃櫃裡的手槍，馬上打電話給警察，或衝往地下室查看？」

薩瓦爾：「這實在太荒謬了！根本就像一場噩夢！」

瑪蒂達：「你已作了十四年的噩夢了，對不對？」

薩瓦爾：「他在哪裡？」

瑪蒂達：「就在我們腳下，瑪莉亞姑姑的避難室裡。」

薩瓦爾：「在瑪莉亞姑姑的避難室？」

瑪蒂達：「對，我跟你提過這個避難室，瑪莉亞姑姑在車諾比核災發生後蓋的。」

薩瓦爾：「妳這幻想太病態了！」

瑪蒂達：「他也許正在畫畫。」

薩瓦爾：「妳有病！」

瑪蒂達：「你一直重複說過的話。你不想見他嗎？」

薩瓦爾：「告訴我他的長相！」

瑪蒂達：「他長得很高，已經有一百七十五公分了，體重約六十公斤，每星期我都幫他量身高體重。他長得很像你，薩瓦爾，跟你一樣有深色捲髮，身材跟你一樣瘦瘦高高。」

薩瓦爾：「他長得一點都不像我！」

瑪蒂達：「爲什麼不像？因爲他小時候是金髮嗎？現在他的髮色已經變深了。」

薩瓦爾：「不要再玩了！我們只是互相交換故事，跟從前一樣，我承認妳的故事詭異刺激，但我不想繼續下去了！」

瑪蒂達：「他跟你一樣有酒窩。」

薩瓦爾：「他才沒有跟我一樣有酒窩！住嘴！停！卡！遊戲結束，我受不了了！故事講完了！」

瑪蒂達：「還沒講完。」

薩瓦爾：「瑪蒂達，妳爲什麼要這麼做？」

瑪蒂達：「你問我爲什麼要綁架他嗎？我的動機還不夠明顯嗎？在你因爲我、因爲我的創意成名後，轉頭就離開了！離開我！就這樣失蹤！我要復仇！我那麼想要個孩子，你卻跟別人生！」

薩瓦爾：「瑪蒂達，對不起，我跟妳說過幾百遍了，對不起！可是雅各布不在妳的地下室！如果妳還想扮演復仇女神的角色，妳自己繼續，我要回旅館了！」

瑪蒂達：「你爲什麼那麼確定雅各布不可能在瑪莉亞姑姑的避難室？告訴我爲什麼，薩瓦爾！當時到底發生什麼事？」

薩瓦爾：「什麼？」

瑪蒂達：「你記得我們的說故事遊戲還有一種特別的玩法嗎？就是幫對方的故事設想結局。你現在要幫我的故事找出一個合適的結局，然後，我要你去警察局。」

薩瓦爾：「我不會去警察局！妳沒綁架雅各布！」

瑪蒂達：「我的意思是，你去警察局自首，薩瓦爾！但在這之前，你必須先幫我的故事找出一個恰當的結尾。」

薩瓦爾：「妳在說什麼？」

瑪蒂達：「告訴我！我到底還要編出什麼故事才能刺激你說出來？告訴我眞相！然後去警察局，只有眞正結束這一切，你才可能重新開始生活！」

瑪蒂達與薩瓦爾

薩瓦爾的基調是虛榮，但他只有在很少數的情況下才有自覺。正因爲虛榮，他才會認爲自己一定要成爲作家，而不是從事其他行業。九歲時，他有機會站在一大群觀眾前朗讀自己得獎的作品。不像其他小孩那樣緊張，他極爲享受站在麥克風後的每一分鐘，觀眾盯著他看的目光，讓他感到無比自豪且自覺天下無敵。從那一天起，他對父親的寫作嗜好開始產生興趣，並常常參加父親及其他作家的朗讀會。

他也觀察到那些坐在朗讀作家前——或說腳下——的觀眾，他們專注眼神中流露出無比的崇拜。特別是女人，總是盯著作家的嘴唇，彷彿從這張嘴裡說出的每字每句都充滿神性光輝，恨不得全部吸進自己的體內。有一次，他聽到一位打扮時髦的女人跟旁邊朋友說：「天啊，這人實在太有意思了，有這麼多東西能講！」十七歲的他便發願：從現在開始，我立志要成爲作家，讓別人也會這樣形容我！不過，堅定不移並非他的長處，因此，這個志願在很長一段時間都是遙不可及的。

薩瓦爾立志成爲作家的第二原因是他討厭體力勞動的工作。茵格希望自己的兒子理解勞動的辛勤，因此每到暑假，薩瓦爾總要到附近農家幫忙一個月。在製鞋廠停工後，家裡房子改建，他也幫爸媽忙了好幾個星期。在炎夏中勞動的他，一邊揮汗如雨一邊在心裡咒罵，確認自己厭惡這種工作，知道自己絕對不適合勞動。他無法成爲農夫或建築工人之類極耗體力的勞工，從事勞動工作會令他感到不舒服，有時甚至會頭暈想吐。他覺得村裡從事勞動業的男人很可憐，晚上回家時總是一身臭汗，永遠疲憊到沒有力氣從事任何有意義的休閒活動。他們身上不只有體力上的重擔，還有無數的責任，要繳房貸，要餵養孩子，還要滿足妻子的要求，他絕對不要過這種生活！

他的虛榮令他在不知不覺中扮演各種角色：在母親前面他是一個可愛的兒子及充滿抱負的大學生，他要母親在朋友面前提到他時只有好話。因此他常回家，儘管心裡並不怎麼願意，每兩個月他就盡他的義務回家一次，送母親鮮花，細心體貼，並煮飯給母親吃。爲了不傷害母親感情，他也避開所有關於搬回老家的話題。在母親面前，他從未和盤托出自己無法忍受這棟房子的事實，也從未坦承自己根本沒把心思放在學業上。他會跟瑪蒂達爭吵，但不會跟母親吵。

在某些口試過他的教授面前，薩瓦爾表現得像個對一切事情都懷疑的哲學家。在朋友面前他是有思想的文青，關心政治，並投身環保運動及為飽受威脅的難民發聲。他曾站在多瑙河畔海恩堡街頭好幾天，抗議計畫興建的水力電廠破壞附近氾濫平原的生態環境（註），也曾在國際特赦組織擔任了一段時間的義工。在女人面前，他是一個溫和、有意思的作家。

虛榮不僅決定了薩瓦爾的職業志向，也讓他在感情上總是一個女人換過一個。他喜歡女人，需要女人。他需要女人對他的迷戀，需要女人想了解他一切，想要吞下他的眼神。他追求這樣的片刻，生活中也不能缺乏這些片刻。他喜歡沉醉在女人充滿愛意的眼神中，就像童年時享受媽媽關愛的眼神。

薩瓦爾長相俊俏，又有魅力，容易打動女人的芳心。十六歲起他的性生活便很活躍，對

註：此次抗議事件發生於一九八四年。

象多半是比他年長的女性。女人欽慕他，當他說自己是作家時，她們總是不太相信，但最後總是認爲他就是作家。由於他還未成名，無法享受朗讀會上觀眾仰慕的眼神，只能先將就於兩人之間的小舞台。但見面幾次後，迷戀與欽慕總是會漸漸淡化，女人開始跟薩瓦爾傾訴自己的煩惱，抱怨男伴或是前男伴的不是，哀嘆自己悲慘的童年，或者孩子的麻煩。她們的故事總是跟分手或被拋棄有關，要不是分手之前的恐懼，就是分手之後的孤獨。

女人的故事若是引起薩瓦爾的興趣，他就會留下來，若是覺得無聊，他會立刻結束兩人的關係。對那些一成不變的抱怨，像是家庭主婦抱怨錢總是不夠用，或者十八歲的女兒抱怨父母不願送一部車給她等等，他完全無法忍受，一聽到便起身穿衣準備離開。他想聽的，是眞正的悲劇，這也是他爲什麼跟這麼多女人交往的第二個理由。他喜歡聽別人的故事，一邊聽一邊暗自分類，哪些對自己的寫作有用，哪些沒用。陷入熱戀的女人在激情過後喜歡講述各種家庭祕辛以及悲劇故事，無論是過去式或現在式。有時他還會作筆記，以備日後或許能當小說題材。（這些蒐集來的故事，其實幾乎從未被他拿來用在寫作上。但他仍然喜歡聽，也喜歡想像故事可能的各種發展。說穿了他喜歡聽故事大於寫故事，這對作家來說應該不是一個有利的條件。）

在薩瓦爾遇見瑪蒂達時，已經連自己都說不清楚，到底愛過多少女人了。他也不想說，對她宣稱自己之前只交過三個女友。她看起來那麼認眞，他想討好她，也希望自己給她的印象不是膚淺的萬人迷。也就是說，打從一開始，謊言就存在他們之間的關係裡。

他們剛在一起時，薩瓦爾就知道瑪蒂達能幫他踏上作家之途，因她懂得如何激勵他動筆書寫。他不是壞人，也不是故意要利用她，他眞的愛她，也很佩服她的精力與有條不紊，在最初幾年隨著她的步調生活因此獲益良多。更何況他也被她源源不絕的愛意，與她對他的讚賞所感動，並沉溺於其中好幾年。其他的女人在與他約會幾次之後，愛慕的眼神就會慢慢消失，對他的興趣及愛戀也是。但瑪蒂達卻維持了很久很久，這也使得薩瓦爾長達九年保持對瑪蒂達的忠實。

爲什麼積極進取與虛榮會互相吸引？這怎麼發生的？爲何他們彼此相愛？在瑪蒂達發現他背著她與別人在一起，並爲此痛苦不已時，她常常問自己這個問題。原因出在薩瓦爾的第二個動機也是空虛煩悶，還有他們兩人都熱愛文學，喜歡聽故事與說故事，也喜歡幻想。

薩瓦爾雖然也想跟別的女人上床，也想聽別的女人的故事，但僅止於此。他只想跟瑪蒂達講自己的故事，只想跟瑪蒂達一起生活，因他感覺，只有她眞正了解他。一天之中，他最喜歡日落之後及夜幕低垂時，當瑪蒂達的聲音漸漸低沉下來，不再那麼尖銳，當他們一起下廚，一起吃晚飯，天氣暖和的話還會在陽台用餐。他喜歡他們一起在書房工作，他寫他的小說，她準備上課的講義。他喜歡他們一起賴在沙發上，將整天發生的事告訴對方。

薩瓦爾重新敘述瑪蒂達故事

薩瓦爾：「我不只要幫妳的故事找出合適的結局，我還要將整個故事重新敘述一遍，這個故事的標題是《德文女老師》。妳願意的話，請跟我一起講這個故事，並隨時補充。」

瑪蒂達：「沒問題。」

薩瓦爾：「他們在一起超過十六年，他是作家，她是德文女老師，在朋友眼中，他們是完美的一對。他們相處融洽，都喜歡看書，喜歡談天說地，每天都有說不完的故事給對方聽，有時還玩起角色扮演。他們唯一的問題是：他想成名，卻遲遲無法辦到；她想小孩，但他出於對生活不穩定的恐懼而拒絕。除此之外，他們都很幸福——至少他們這麼認爲。」

瑪蒂達：「他們之所以幸福是因為彼此依賴：作家需要德文女老師，以便維生，這是經濟上的原因，因她負擔大部分的帳單；德文女老師也需要作家，同樣為了維生，卻是感情上的原因，她實在太愛他了。」

薩瓦爾：「德文女老師有各種心理障礙，導致她無法看出作家也真的愛她，一直以為他只想利用她而已。有一天，作家突然有了靈感，一年半後便寫出一套青少年小說三部曲。」

瑪蒂達：「多麼不可靠的記憶啊。這套青少年小說三部曲的靈感是德文女老師提供給他的，兩人一起合作才可能在一年半內寫完。」

薩瓦爾：「某大出版社接受了這套三部曲，一夜之間，沒沒無聞的作家搖身一變成為眾人皆知的大作家。」

瑪蒂達：「因此打破了互相依賴的平衡狀態。某天早上，作家離開德文女老師，就這樣不辭而別。不久，德文女老師得知作家跟旅館大亨的富家女結婚，而且據說富家女已懷有作家的孩子了，一時受不了打擊而精神崩潰。」

薩瓦爾：「作家愛上別的女人，或者應該說，他以為自己愛上別人的女人，因而離開德文女老師，這個決定將會令他後悔一生。他和別的女人的幸福生活，只維持了很短暫的時間，他們的小孩雅各布失蹤，再也沒找回來，兩人的婚姻也隨之破裂。他的妻子再也沒有從這個沉重的打擊中恢復過來，他的新小說不再受到讀者青睞。他在柏林生活，無法寫作，只能不停喝酒，女人一個換過一個，生活越來越萎靡墮落。幾年後，他已經五十好幾了，母親去世，給了他一個重新開始新生活的轉機。他搬回老家，將房子重新翻修，並終於開始著手寫新小說。儘管如此他並不快樂，常常陷入過往的回憶，及對生命意義的沉思。」

瑪蒂達：「他沉迷於自憐自愛之中。」

薩瓦爾：「德文女老師搬到另一個城市，想將一切拋之腦後，但卻無法做到。她受到的傷害太深了，無法再跟別的男人長時間相處。她沉迷於自憐自愛之中。她的生活平靜孤獨，有一天，她接到醫院的診斷書，通知她得了絕症，已不久於人世，最多只有幾個月了。因此德文女老師希望再見作家一面，在她死前，還有一筆帳要跟他算清楚。她精心策畫，請在學校教育處的朋友幫忙，把作家分配到她任職的學校，讓作家以爲他們的重逢只是偶然。」

瑪蒂達：「你越來越厲害了。」

薩瓦爾：「事情眞是這樣嗎？」

瑪蒂達：「有可能。」

薩瓦爾：「德文女老師跟作家一起共度了令人難忘的一星期。期間，他們不斷聊天，吵架，說故事給對方聽，重新拉近了兩人的距離。在作家眼中，德文女老師完全變了個樣子，變得神祕、性感、隨興，同時也變強悍了。他們玩了從前常玩的遊戲，各自說一個故事給對方聽，分成好幾天，一段一段講。一切按照計畫進行，作家講了正在動手書寫的新小說，德文女老師則講了一個關於綁架的故事。這個故事作家越聽越覺得詭異，不由得想起那位被囚禁在綁匪家中地下室長達八年的少女坎普希，或是那位把女兒囚禁在地下室裡當禁臠，生出七個小孩的父親福里澤，只是性別對調而已：女人綁架男童，囚禁於自己的地下室中，並強暴他。最令人髮指的是，她讓這個孩子在完全失語的狀況下長大。一開始，作家並不理解爲什麼要這麼做。直到他漸漸明白，故事中的男童就是自己失蹤的兒子時，一切豁然開朗。在他與德文女老師的關係中，語言扮演著非常重要的角色，所以她要剝奪他兒子使用語言的權利。作家恍然大悟，爲了報復，德文女老師綁架了他的兒子！他一時失去控制，高聲叫罵，想馬上去警察局。德文女老師突然拿起華瑟系列九號手槍指著他，命令他跟她一起去地下室。作家怕她也會將他囚禁起來，將手槍從她手中搶過來，並在自衛的情況下對著德文女老師開槍。在神志混亂下，他一步一步走下地下室，想將兒子從避難室放出來，結果……」

瑪蒂達：「結果？」

薩瓦爾：「他根本找不到避難室，整個故事都是假的！他只找到一本《基督山恩仇記》，大仲馬那本關於復仇曠世鉅作，也是德文女老師少年時期最愛的書。這本書的用意，就是要作家知道自己成爲一場復仇計畫下的犧牲者。同時，他也發現一封給他的遺書，裡面再一次提到他是她此生中的最愛，也最令她受傷。」

瑪蒂達：「這聽起來太煽情了。」

薩瓦爾：「當然了。在裝飾高雅的房間中，德文女老師躺在血泊中漸漸死去，口中喃喃地念著作家的名字。她不想受盡病魔折磨而死，她要他開槍殺她，她要死在他手裡。更何況還有她的復仇計畫，作家會因殺死她而進監獄。簡直就是一舉兩得。」

瑪蒂達：「結局眞是精彩。不過，被綁架的小孩到底到哪裡去呢？」

薩瓦爾：「沒人知道。不過不管如何，都不可能在德文女老師家裡避難室就是了。」

瑪蒂達：「爲什麼不可能？」

薩瓦爾：「她沒有綁架他。」

瑪蒂達：「爲什麼**她沒有綁架他**？薩瓦爾，爲什麼！」

薩瓦爾：「問題的癥結點是：到底什麼樣的人會做出這種事？她顯然做不出來。她想綁架他，轉過千萬次的念頭，且在腦中不斷描繪細節，但無法眞正下手。」

瑪蒂達：「這也是作家的想法嗎？難道不是他跟警察提起前女友——德文女老師——有可能綁架雅各布，爲了報復他離開她？」

薩瓦爾：「瑪蒂達……」

瑪蒂達：「至少警察在十四年前出現在她家門口，將她家翻得一團糟，並帶去她警局問話時，是這麼暗示她的。」

薩瓦爾：「天啊，瑪蒂達，這眞是太抱歉了！我完全不知道，妳要相信我，這絕對不是我說的，一定是警察自己想的。」

瑪蒂達：「在我跟你去警察局前，你不先告訴我眞正的結局嗎？再這樣下去一點意義都沒有！你不可能獲得眞正的平靜，一輩子都不可能。你仍然會在半夜滿身大汗地驚醒，以爲自己聽到他的叫喊聲。」

薩瓦爾：「這只是個故事，沒什麼眞正的結局！妳到底在想什麼？」

瑪蒂達：「你錯了！這不只是個故事而已，這是現實人生。而且，我現在就要告訴你，爲什麼我知道綁架的說法不對勁。」

瑪蒂達與薩瓦爾

「其實，個人生命實在沒什麼意義，眞正重要的是故事，那些描述人生永垂不朽的故事。」有一次，薩瓦爾跟瑪蒂達這麼說：「而且，我說的故事不是那種類似『她一輩子辛勤勞碌，然後就死了』的故事——這句話有天將會成爲我媽的墓誌銘。我說的故事是吸引人且感人的好故事，會令後生晚輩印象深刻，永遠忘不掉，且會繼續告訴下一代。生命本身從來不是重點，它就像浩瀚宇宙間的一陣微風，轉瞬就會無影無蹤。眞正重要的是這個生命留下的故事，故事越是感人，越是能打動人心，便越能使人記憶深刻，流傳越能長久。回頭看來，這樣的生命也就越有價值。這樣的故事，更是代代相傳，存留在人世間的時間，比起生命本身更是久長。妳不覺得這很神奇嗎？爲了在這個世界上留下一點足跡，人們會想到要生小孩，殊不知他們更該做的，是爲自己留下値得後代一再傳誦的故事！作家的責任，就是發掘出這些故事並紀錄下來，而人們需要這些故事。妳能想像生命中沒有故事嗎？有了這些故事，人們才能定位自己的人生。人們在聆聽故事時，可能會產生共鳴而心有戚戚焉；或者產生勇氣，放手去做或改變某些事；再或者被故事所觸動，還是單純覺得有趣。」

「但比起有趣的故事，悲傷的故事總是比較容易被記住。這樣的話，一個人如果想爲後世留下值得傳述的悲劇，必須經歷很多命運打擊。」瑪蒂達提出異議。

「不幸的是，妳說對了。悲劇故事以及各種——包含光怪陸離——命運打擊總是比較容易被人們記住。妳知道人生最淒慘的的悲劇是什麼嗎？」

「不知道。」瑪蒂達答道。

「最慘的就是，人只能活一次。對我來說，只能活一次跟沒活過沒兩樣。很多人在年輕時選擇了一條完全錯誤的人生之路，晚年後才發現白活一場。這跟鬧劇有什麼兩樣？根本是笑話！眞棒，我就要死了，我的人生是一團狗屎！妳覺得爲什麼會出現這種情況？」

「不幸的是，人們通常只有在回顧時，才知道自己眞的想要什麼，通常人要老了，才會有這種智慧。」

「說得好，沒錯，正是如此！不過爲什麼年輕時沒有這種智慧呢？這不是很不公平嗎？

妳知道我怎麼想嗎？」

「不知道，不過你馬上就會告訴我。」瑪蒂達笑著說。

「妳覺得是先有故事還是先有生命？我覺得是故事！上帝坐在天堂裡講了一堆幻想故事給天使聽，像是不聽話的雲、星星和風，不存在任何東西的地球，還有太空中的一堆行星。有一天，故事編完了，再也講不下去了，他便創造了人！因為祂需要有趣的故事講給其他人聽。沒故事之後不只是天使覺得無聊而已，連祂自己都覺得無聊，因此，他創造了人。最卑鄙的是，他決定人生只有一次。如此一來，人生的故事就會顯得更加戲劇化，也會更緊張刺激。祂高坐在地球旁，俯瞰人們如何過日子，每每看到人們做出錯誤的決定，因而一失足成千古恨，總是樂不可支捧腹大笑！第一個——也是最負盛名——的例子就是夏娃跟蘋果，夏娃是多麼後悔自己接受了那隻狡猾的蛇的建議，她是多麼希望重來一次！但是不行。所有人都不行，一旦決定了，就必須接受——這裡指的當然是事關重大的抉擇，而不是中午吃什麼，沒有重來一次的機會！然後人生就朝著那個該死的方向發展。」

「但也正是如此，人生才會獨一無二。試想一下，如果每個人都有個按鈕，可以讓時光倒流，重新做決定。這樣一來，我們只會不斷地按按鈕！」

「有這種按鈕當然也不是好主意，但每個人都應該有第二次機會！人老了才會知道做錯什麼，該怎麼選擇才對。因此，人老後不該只是等死之外，而是應該設計一道門檻，當人跨過去時，可以表明自己想回到二十歲、十五歲或是二十七歲，回到自己想重來一遍的原點。這樣，每個人可以再活一次，但還是同一個人，所有條件都跟之前的人生一模一樣，不可以有例外，只是還保留有之前的記憶，知道自己做錯了什麼決定。也就是說，人們帶著之前人生累積下來的智慧，重新來過一次。這應該很公平吧？生活中不難聽到『好吧，應該再給你一次機會』或者『你還有一次機會』，爲什麼人生就不能再重來一次呢？」

瑪蒂達告訴薩瓦爾眞相

瑪蒂達：「一九九五年時，作家與德文女老師已在一起十五年了，且一起寫下青少年小說《天使之翼》、《天使之童》、《天使之血》三部曲，在一起創作的那段時間裡，兩人共度了一段許久不再有的快樂時光。之後作家找到一家大出版社，願意出版這套三部曲。他允諾德文女老師，明年就會與她結婚生子。多年來，他們一直有結婚的打算。作家說，他覺得自己終於準備好了。三部曲一出版，立刻成爲暢銷書，作家因此經常出門巡迴，賺了一大筆錢。有一天，他突然從家裡消失，所有他的東西也跟著不見了。他去哪裡了？德文女老師並不知道，她找不到他。幾個星期後，他跟一位比他年長兩歲，德國旅館大亨的女兒結婚。彼時，富家女正好迷上回歸自然，並想經營農場，據說兩人正等著迎接孩子的出生。德文女老師從一本雜誌上得知這個消息，那本雜誌，是學生故意打開放在她面前。看完後她馬上崩潰昏倒，被送到精神護理之家靜養，在那裡她待了七個月。」

薩瓦爾：「什麼？」

瑪蒂達：「她應該是在講台前昏過去的，醒來時，她躺在學校會客室裡，通常生病的學生會被送到那裡。一位醫生低頭嚴肅地看著她，問她是否能說話，她覺得這個問題很無聊，只想繼續睡覺。到了精神護理之家後，才發現她眞的無法說話了。她乖乖地做她該做的事，寫信給作家，描述她的憤怒及傷心，然後交給治療師。其他治療師跟她說，她的生命中還有無數的可能——她才三十八歲，還有大把的時間可以認識別的男人，共組家庭！況且，她還有這麼棒的職業，可以獲得大把的回饋！當她在十月份的雜誌上看到嬰兒雅各布的的照片時，她覺得自己的心都碎了，這應該是她的孩子呀。聖誕節時，她去因斯布魯克探望瑪莉亞姑姑，突然又能說話了。」

薩瓦爾：「這老婦人做了什麼事？」

瑪蒂達：「她只是對著德文女老師大吼：『張開嘴吧說話！發生在妳身上的事，每個人都經歷過，人生不過就是一場場的離開和被離開！』」

薩瓦爾：「人生不過就是一場場的離開和被離開！」

瑪蒂達：「聖誕節後，她又孤伶伶回到維也納的家，暫時還無法回到學校教書。在她不在的期間，堆積了一大疊郵件，她一一拆開過目，突然看到一封泌尿科醫生給作家的信，信上說檢查結果作家沒有生育能力。很明顯的，作家在離開她之前去做了健康檢查，並被轉診到泌尿科。他竟然不孕！不孕！她的美夢永遠不可能成真，她永遠不可能有他的孩子！別的女人也不可能！想到這裡她不禁困惑起來，那麼，誰是小雅各布眞正的父親呢？作家知道那不是他的兒子嗎？」

薩瓦爾：「好長一陣子，他都被蒙在鼓裡。」

瑪蒂達：「姑姑去世後，德文女老師繼承那棟大房子並搬進去。離開與作家生活在一起這麼久的城市，她有些惋惜。就在她漸漸覺得又能開始掌握自己的生活時，她看到電視節目《去名人家做客》，第一、二集便是介紹旅館大亨女兒及她作家丈夫共同經營的農場。」

薩瓦爾：「那個節目妳看了？我們從前都沒有電視。」

瑪蒂達：「德文女老師搬到新家後就有了電視了。家財萬貫的旅館大亨女兒帶著迷濛的眼神走過田野，穿著橡膠靴子站在牛棚裡叉起乾草送到乳牛前面。她告訴觀眾，她很高興自己終於尋回自我，並找到回歸原始自然的道路。只要有時間，她總是親自將牛趕到草地，農場很多事都是她和先生親自動手，她只有一個一星期來一次的家務助理，一個農場幫工——布魯諾，還有一個換宿褓姆，但褓姆上午去學校，下午才會幫忙照顧孩子。她丈夫——那位青少年文學作家——悶悶不樂跟在她身邊或後面，不停地哄抱哭鬧不已的小孩。」

薩瓦爾：「很不幸的，雅各布是個過動兒。照顧他有點……」

瑪蒂達：「累？作家也說自己很快樂，在大自然裡，在這個頗有歷史的老農場裡。這時抱在手裡的孩子扯他的頭髮，他硬擠出一個笑容。孩子長得一點都不像他，老實說，也不怎麼像母親。德文女老師看著螢幕上的作家斷斷續續地說著自己的新生活——原來這就是新生活——有多幸福，但她不相信他說的，她太了解他了。他一點都不快樂，反而很緊張，甚至有些咄咄逼人，失去往昔的輕鬆隨意及一派從容。」

薩瓦爾：「妳太誇張了，或許他只是昨晚沒睡好，小孩經常吵得他整夜無眠。」

瑪蒂達：「夫妻兩人帶著孩子，旁邊攝影機跟著，走遍整個農場。展示農舍內部以原木爲主的奢華裝潢，現代化的牛棚，綠油油的牧草地上的乳牛，馬鈴薯及包心菜田，以及德國首座沼氣發電裝置，足以供應整座農場所需的電力。這也是作家最引以爲傲的地方，他強調這種發電方式是對環境最友善的未來科技。節目結束後，德文女老師繼續過她的日子。兩個月後，也就是二〇〇〇年五月，所有電視新聞頻道及所有報紙的焦點新聞全是一歲半的雅各布·索南菲爾德不見了，從庭院中消失，當時他正在蘋果樹下的兒童推車上睡覺。瑞典來的換宿褓姆莉薇·倫德史陀恰好不在旁邊，而是在倉庫跟朋友講電話，而且講了蠻久的電話。莉薇先被逮捕，但很快就被釋放，顯然她與這樁失蹤案件無關。沒有線索，沒有勒索信，什麼都沒有，找不到孩子的蹤跡。」

薩瓦爾：「可以不要再說下去了嗎？我……我快受不了了。」

瑪蒂達：「幾天後，失蹤兒童的父母在電視上發表了一篇聲明，懇求綁匪釋放孩子。孩子的母親幾近崩潰，作家也是。但德文女老師卻覺得他的神情有些不太對勁，尤其看到他太陽穴旁青筋暴現，抽動地非常厲害，她馬上知道，這當中一定有問題。」

薩瓦爾：「當然會青筋暴現，他的兒子在他的庭院裡失蹤了！」

瑪蒂達：「他太太的兒子在她太太的庭院裡失蹤！從他臉上，德文女老師看出他在說謊，他不可能騙過她。她看到他呆滯的眼神，她看到他右眼抽動，眼球不安地四下飄移。她不禁心生疑問：作家到底做了什麼事？他說的是實話嗎？」

薩瓦爾：「停！拜託妳，瑪蒂達，不要再說了！妳不知道我有多痛苦！」

瑪蒂達：「要我告訴你我的推測嗎？還是你說？」

瑪蒂達與薩瓦爾

在一起久了，許多一開始沒問題的問題，就慢慢浮現出來。首先是經濟問題：在薩瓦爾三十歲後，他母親便不再每月匯錢給他，兩人的生活開銷必須全部自己負擔。瑪蒂達是全職教師，又兼任一些課後輔導課，因此收入還算不錯，能負擔全部生活開銷，像房租、飲食及渡假等。這使得兩人關係變得不平衡，兩人也都討厭這樣的現象。特別是瑪蒂達，她總覺得薩瓦爾因經濟弱勢而產生自卑情結，因此對她特別粗魯且忿忿不平。他會用很微妙的方式指責她，說她——庸碌的德文女老師——儘管能養家活口，但他——充滿創意的作家——更有天賦更有智慧因此對人類更爲重要，因他能爲後世留下東西。

兩人之間要起心機：如果瑪蒂達喜歡某部電影，薩瓦爾一定不喜歡，且會嘲笑它是沒什麼營養的市場主流片，或者根本就是不值一提，純粹就是媚俗，不然就是毫無內容；如果瑪蒂達不喜歡某部電影，薩瓦爾一定覺得它奇特不俗——「這電影有內涵！」——就算只是部「好萊塢片」。直到有一天，瑪蒂達看透這一套技倆，故意讓薩瓦爾先講自己的感想。

當他們渡假時，負責養家且掌管家裡財務的瑪蒂達總是宣稱，他們的預算拮据，負擔不起機票加旅館的費用，只能到義大利露營。儘管她知道，薩瓦爾討厭露營。他們總是坐在小帳篷前的折疊椅上，吃自己用小瓦斯爐煮的義大利麵，一邊驅趕在塑膠餐盤上飛舞的黃蜂。瑪蒂達狀似滿足，爲了能在大自然中無拘無束而感嘆；薩瓦爾則暗自認定，她的種種滿足與感嘆都是爲了折磨他而發出的。他在悶熱的帳篷裡翻來覆去，整夜無法闔眼。來營地的渡假客，總是狂歡到深夜兩點才會安靜下來，而清晨五點天已大亮，收垃圾的也都來了。他想念舒適與私密的空間，這裡大家坐在踩得扁扁的草地上，每個人都像在舞台上那樣赤裸裸，每個人都可看到，又是誰人手裡拿著衛生紙往廁所走。這令他相當尷尬，難以忍受。每年他都發誓，明年夏天一定要抵制這種渡假方式，或者乾脆留在家裡，她想去就自己去。只是每一年，他都會被瑪蒂達對露營的熱情感染，並被她說服。

然後有一天，該發生的終於發生了：那是在某個秋日，瑪蒂達正準備換洗所有夏天薄夾克，收到地下室。她在薩瓦爾的牛仔夾克中翻出一封情書，信尾寫著「吻你，尤莉」。瑪蒂達馬上問薩瓦爾：「你認識一個叫尤莉的女孩？」薩瓦爾先是否認，她馬上看出他在說謊，只要看他的面部表情，她就知道了。其實那只是很細微的動作，有些呆滯的眼神，及抽動的右眼皮洩露出他因不想傷害她而說謊，例如：「才不是那樣，我母親才沒說妳的壞話。」或者：「不，眞的，我眞的很享受我們的露營假期。」

猶豫了一陣子，他還是承認外遇。尤莉安娜是個哲學系學生，曾參加薩瓦爾主持的寫作工作坊，與瑪蒂達完全兩樣：她不在乎常規，言行奇特，總穿著及地的長裙，手上帶著成串的手環哐啷作響，抽菸喝酒樣樣來。瑪蒂達死命逼問他，他只能不斷爲自己辯護。對薩瓦爾來說，與尤莉安娜不過是逢場作戲——他有過比這更熱情的戀情，她之所以重要不過是因爲破壞了他與瑪蒂達之間的關係，他的謊言被戳破，摧毀了瑪蒂達對他的信任。瑪蒂達非常失望，很受傷害，問自己爲什麼還要爲對方做這麼多事，儘管對方只是欺騙她並且踐踏她的眞心。她消沉了好幾個月，一天天消瘦下去，時常發抖且精神渙散。薩瓦爾看她變成這樣也很難過，試著安慰她，以從未有過的溫柔態度對待她。他從此再也沒見過尤莉安娜，幾年後，他們在報紙上看到她的死訊：她抽菸抽到睡著，因而燒死在自己床上。

這是瑪蒂達知道的唯一一場外遇。其他的就算知道，她也不會再追問名字或細節。在這場外遇後，薩瓦爾有一年不再跟其他女人約會，之後也不再那麼頻繁，並更加小心留意。不過，當時瑪蒂達已有了比這更重要的問題：她越來越想要小孩，但薩瓦爾始終不要。

瑪蒂達告訴薩瓦爾自己的推測

薩瓦爾：「妳所想要的，我根本無法給妳。」

瑪蒂達：「我可以接受這個事實。」

薩瓦爾：「眞的？可是妳這麼想要小孩。」

瑪蒂達：「我想跟你共度一生，我們也可以領養小孩。」

薩瓦爾：「我在慕尼黑健檢時發現自己不孕，那時雅各布已經一歲了。也就是說，妳還比我早知道雅各布不是我的兒子。」

瑪蒂達：「他的親生父親是丹妮絲的第二任丈夫，那個愛喝酒，又會打太太的賽車手。當時她想盡辦法要甩掉他。」

薩瓦爾：「妳怎麼知道這些事？」

瑪蒂達：「這只是我的推測，報章雜誌上有各式各樣的小道消息。眞的是這樣嗎？」

薩瓦爾：「沒錯。」

瑪蒂達：「富家女對作家坦承一切，但希望他不要聲張，說她與作家之間，才是眞正的愛情，至於孩子是誰的，一點都不重要。但作家覺得自己被愚弄被欺騙，非常不快樂。」

薩瓦爾：「之前也已經很不快樂了。」

瑪蒂達：「眞的嗎？」

薩瓦爾：「跟丹妮絲在一起只有剛開始時還好。婚禮過後不久，我就受不了那種大聲嚷嚷『我要離開要回歸大自然過原始淳樸的生活！』的做作姿態。我才不要離開，才不要回歸大自然，更不要過什麼原始淳樸的生活。」

瑪蒂達：「你只想用水泥把大自然封起來。」

薩瓦爾：「我覺得自己被降級了，成了褓姆跟農夫。丹妮絲自己到處跑！她那些時髦的貴婦圈朋友實在……」

瑪蒂達：「實在怎樣？」

薩瓦爾：「令人想吐！在那個時候，我根本不是作家，只是個跟班，是富家女丹妮絲・索南菲爾德的先生。不過，這一切我們也都可以熬過去。但對我來說最糟的是，我們根本無法溝通，完全沒有共通的話題，彼此的生活與世界差太遠了，根本沒有互相理解的可能性。她整天掛在嘴巴上的都是瑜珈、冥想、自然原始狀態這些玄玄妙妙的東西。我想念談書論文，想念講故事給彼此聽，我想念妳。」

瑪蒂達：「作家越來越不快樂，他被困在大農場裡，有錢的太太經常四處跑，留他一個人應付過動的雅各布。他無法全心全意地愛雅各布，儘管每天都對自己說，這個麻煩不是小孩的錯。而雅各布也的確特別頑固、難搞、不安分，這也使得情況更糟。作家已想了好幾個星期，是否該提出離婚。我猜對了嗎？」

薩瓦爾：「完全正確！」

瑪蒂達：「有一天，事情果然發生了。」

薩瓦爾：「什麼樣的事情？妳的推測是什麼？」

瑪蒂達：「你不想直接告訴我眞相嗎？」

薩瓦爾：「我想先知道妳的推測。」

瑪蒂達：「我設想了兩種可能性。第一：作家和瑞典換宿褓姆偷情，兩人在院子裡的倉庫或附近某處做愛。樹下的小男孩睡醒，沒人在旁邊，自己溜下兒童推車到處走，發生意外。兩人發現男孩屍體後驚嚇不已，最後決定將屍體隱藏起來，將整件事僞造成綁架案……你的臉色變得好蒼白。」

薩瓦爾：「男孩可能遭遇到什麼樣的死亡意外？」

瑪蒂達：「什麼都有可能。在那麼大的農場裡，有一堆可能使一歲半小孩遭遇生命危險的可能。例如爬牆掉下來，然後被四處遊走的馬踐踏到；或者吃到有毒的果實；也可能爬進收割機或拖拉機底下，連司機都可能沒感覺。好吧，這可能太誇張了。」

薩瓦爾：「那他們把屍體藏到哪裡去？」

瑪蒂達：「他們可以把屍體掩埋起來，這麼寬廣的空間要找到地方並不難，某處一定還有塊尚未完工的工地，正要鋪上水泥或是磁磚之類的。」

薩瓦爾：「那你第二個設想是什麼？」

瑪蒂達：「作家在那個下午正準備提筆寫新書，但就是寫不出半個字，他已經好幾個月陷入書寫瓶頸了。那一天很熱，雅各布睡在樹下的兒童推車上，太太跟朋友到伊斯坦堡去了，三天不在家。換宿褓姆終於從學校回來，說自己會在庭院看書，一邊照顧小孩。但實際上她躲進倉庫裡，跟瑞典的朋友講電話。這時雅各布醒來，自己爬下兒童推車找人，最後在書房找到爸爸。男孩不讓爸爸繼續工作，一直吵鬧，作家想把他抱去換宿褓姆那裡，男孩不肯，並高聲尖叫起來，對著作家拳打腳踢。作家被鬧到情緒失控，開始用力搖晃小男孩，直到他安靜下來。作家將被搖得頭暈目眩的小男孩放在地板，小孩沒坐穩，一頭倒了下去，撞到火爐邊的圍牆，即刻暈死過去。」

薩瓦爾：「妳認爲我是凶手？」

瑪蒂達：「是的。」

薩瓦爾：「那我把屍體藏到哪去？」

瑪蒂達：「作家找了一塊地方，把屍體掩埋起來，這……」

薩瓦爾：「……這麼寬廣的空間要找到地方不難。」

瑪蒂達：「我的猜測對嗎？」

薩瓦爾：「我需要……我快不行了……我需要新鮮空氣。」

瑪蒂達：「我也需要，我頭好暈。」

（半小時後）

薩瓦爾：「妳臉色好蒼白。」

瑪蒂達：「現在好多了，新鮮空氣很有幫助。」

薩瓦爾：「瑪蒂達，我不是凶手，我只是比較……」

瑪蒂達：「軟弱？」

薩瓦爾：「過去幾年間，我常常在警察局門口徘徊，我想自首，但我做不到！當時我沒把眞相全盤托出，因爲不只是我，還關乎到其他人。」

瑪蒂達：「莉薇嗎？」

薩瓦爾：「是的，那會毀了她的一生。我想保護她，她還那麼年輕！除此之外，我當然也是個懦夫。」

瑪蒂達：「所以我的第一個設想沒錯？」

薩瓦爾：「部分是對的，最後與事實有些出入。」

瑪蒂達：「去警察局自首！薩瓦爾，算我求你，去自首！你不能再這樣下去，去自首，之後你才能眞正展開新的生活。」

薩瓦爾：「我都五十四歲了！」

瑪蒂達：「這在今日不算老，你先把以外公爲主角的小說寫完，那個大綱我覺得很精采。然後，你再寫一篇小說，關於你自己的故事！」

薩瓦爾：「我要寫什麼？」

瑪蒂達：「寫我們，寫這一切發生的事！寫出你心靈深處最眞實的感情！現在，我跟你一起去警察局。」

薩瓦爾：「那莉薇呢？」

瑪蒂達：「我相信她會理解，而且也會鬆一口氣。雖然當時她沒講實話，但法律追訴期早已過去了。」

薩瓦爾：「我沒辦法！我真的沒辦法！丹妮絲會……」

瑪蒂達：「丹妮絲終於會知道，她兒子到底發生什麼事。」

薩瓦爾：「等到這一切都過去後，妳會跟我一起去嗎？」

瑪蒂達：「去哪裡？」

薩瓦爾：「去舒若特。」

瑪蒂達：「你的意思是？」

薩瓦爾：「我的意思是……妳還會再給我一次機會嗎？」

瑪蒂達：「我……現在換我不知道該說什麼了。」

薩瓦爾：「我們可以領養小孩。」

瑪蒂達：「都五十四歲了！」

薩瓦爾：「這在今日不算老。」

瑪蒂達：「我們現在先回家，上車，去警察局。」

薩瓦爾：「那在我們回家的路上，妳要幫我的故事找出一個合適的結局。」

瑪蒂達：「沒問題。」

瑪蒂達幫薩瓦爾的故事找出合適的結局

李察．桑德搭飛機前往芝加哥。此時他已六十三歲了，生平第一次搭飛機。在機上，他睡著夢見三十年前的自己，剛從紐約港口離開，手上提個小行李箱。他在家鄉待了一年多，幫家裡蓋了棟新房子，並重建製鞋廠。這花光了他全部的積蓄，但他毫不在意，只要老家的家人過得好，錢，到了密爾瓦基他可以再賺回來。看著家裡一切上軌道後，他將老家家業交給弟弟卡爾。當他抵達紐約港口時，桃樂絲朝著他跑來，兩人緊緊擁抱在一起。他不斷親吻著她的臉，直到他——醒過來，空中小姐問他是否要杯咖啡。

抵達密爾瓦基後，他立刻找到威斯康辛大道，「奧弗萊賀提鞋店」果然還在！儘管跟以前大不相同，現在的店面大了許多，可是還在，而且生意很不錯，進出的客人各種年紀都有。李察找到一家便宜旅館，便開始探訪從前常去之處，但他並未聯絡任何人。大多數的時間，他總會回到威斯康辛大道，觀察鞋店。他會在附近來回打轉，或坐在長板凳上，看著鞋店門口。最後，他終於走進鞋店，買了一雙鞋子，雖然他一點都不需要新鞋。來幫他服務的是個年輕的小姐，他差點就想問她是否認識桃樂絲・奧弗萊賀提。最終，他還是沒有勇氣開口。第二天，他又坐在長板凳上時，一個婦人走過來坐在他旁邊。他馬上就認出來了，她還是那麼漂亮，臉上仍然流露著一股特殊的光采。她先開口打破沉默，幽默地問他：爲什麼花了這麼久的時間，才又找到回密爾瓦基的路。她已經觀察他一整個星期了，看著他在鞋店附近走來走去。李察再也忍不住，淚水流滿了臉頰，桃樂絲抱住他沉默不語。之後，他們一起散步，桃樂絲告訴他，她和姊妹們一起接手父親的鞋店，後來她自己也成製鞋設計師。她並未結婚，獨力撫養她的——也是他的——女兒長大。聽到女兒一詞，李察再也無力支撐下去，桃樂絲只好送他回去休息。

到了晚上，他們再度重拾話題。李察一九一八年十一月離開時，桃樂絲並不知道自己懷孕。等她發現時，她也特意未在信中對李察提起。她不想給他壓力，想給他時間專心照顧老家的家人。她的家人非常支持她，沒人對她說出任何指責的話。孩子出生時，他們以祖母及外婆的命名：瑪麗。但在等了李察一年遲遲不歸後，桃樂絲還是決定告訴李察這件事，她不想瑪麗以私生子的身分長大。她寫了很多信，也寄了照片，但總是石沉大海，沒有任何回音。「妳為什麼沒有追過來？」李察問她。她回道：「我不想失去我的自尊。後來我後悔了，我其實該追過去的。可是，那有用嗎？」「妳可以阻止我做出錯誤決定。」李察說。他開始敘述自己的生活，他對家庭及安娜的責任感。第二天，李察和女兒瑪麗，還有她丈夫及他的小孫子見面。自那一天起，李察和桃樂絲便經常在一起，他很訝異她竟然一直保有開朗樂觀的性格。有一次，她還跟他說：「對你，我並未心懷怨恨，該發生的事情，也就那麼發生了。我的人生，無論過去或現在，一直都很充實。」兩人再次親近起來，李察延後歸期，甚至考慮留在密爾瓦基。桃樂絲則考慮跟李察一起去歐洲待一段時間，她想看看他的家鄉。兩人從此過著幸福快樂的日子。

薩瓦爾：「直到死亡將他們分開？」
瑪蒂達：「直到死亡將他們分開。」

薩瓦爾：「妳總是喜歡完美的結局。」

瑪蒂達：「我也希望你有個完美的結局，薩瓦爾。自首吧，跟丹妮絲坦白，說出眞相。然後，你可以有全新的生活，可以從過去陰魂不散的折磨中解脫。」

瑪蒂達與薩瓦爾

在瑪蒂達三十六歲時，弟弟史蒂凡和荷蘭太太娜塔莉有了第二個小孩。他們已有女兒德絲蕾，現在則是兒子凱文。史蒂凡在一家跨國公司擔任機械技師，二十五歲時被公司派到荷蘭工作，到那裡不久後就認識娜塔莉。瑪蒂達很訝異，娜塔莉這樣一個細心體貼的女人，竟然會看上她那個單純沉默的弟弟。更驚訝的是，他們之間的相處竟是那般和諧匹配。瑪蒂達很少見到弟弟，只有在他聖誕節回家看母親時，她會爲了見弟弟而回去。或者放暑假時，瑪蒂達有時也會到荷蘭探望弟弟。相聚時間雖短，但她可以感覺弟弟非常幸福。

老二出生後，史蒂凡邀請姊姊到荷蘭見見小凱文。薩瓦爾剛好生病，無法一同前往。到了那裡，瑪蒂達跟弟弟一家人坐在小房子旁的庭院裡喝咖啡吃蛋糕，這棟小房子在利瓦頓，是弟弟爲家人買來的。娜塔莉的父母也在，兩人都圓圓胖胖的，個性非常幽默，用結結巴巴的德文試圖跟她聊天。瑪蒂達望向坐在搖椅上餵奶的娜塔莉，德絲蕾也在媽媽旁邊。娜塔莉穿著一件輕鬆舒適的白色夏天洋裝，女兒也是類似的打扮，三人就像一般通俗電影場景，看起來幸福極了。在他們身邊是叢盛開的玫瑰，蝴蝶翩翩於中。女孩嘴裡喃喃自語，手上拿著一朵小雛菊玩著，嬰兒喝奶喝到睡著。史蒂凡站起來，走到太太身邊坐下，小女孩坐在他們中間，夫妻兩人親密地接吻了一下。看到這一幕，瑪蒂達突然明白什麼叫做幸福，幸福的感覺必定是如此。她願意傾其所有，換取這樣的一刻：薩瓦爾在她身邊，他們的孩子在她的腿上。她突然覺得心上一痛，有如萬箭穿心，她緊緊抓住椅背，深怕自己就這樣倒下。

在回程的火車上，她只覺得悲傷與難過，內心翻騰不已，直想嚎啕大哭，對著全車的人咆哮：「我要孩子，我想要孩子！」

火車抵達維也納時，她看到薩瓦爾站在月台上，手裡拿著一束鮮花。她心跳不禁加快，深切感受到再見到他是多麼地快樂。她仍然深愛著他，第一次，她覺得自己爲了他，可以付出一切，就算要她放棄孩子她也願意。她不能，也不願想像自己的未來沒有他。

二〇一二年三月九日薩瓦爾．桑德的警詢筆錄

刑警約瑟夫．燦格（以下簡稱刑警）：「回到一九九八年五月二十七日那天，請你詳述那一天發生的事。」

薩瓦爾．桑德（以下簡稱桑德）：「那天早上，我太太離家到伊斯坦堡，打算跟三個朋友在那裡過週末。雅各布由我——還有換宿褓姆——照顧。那一天天氣頗熱，我一個人照顧雅各布，家務助理來了一陣子，大約中午離開。莉薇，也就是換宿褓姆，不在家，因她在大學修了一堂課。我帶著雅各布在外面庭院玩耍，坐在沙坑裡面扮家家酒，烤了一個又一個的蛋糕。那一天，他很安靜也很乖，直到今天我都還記得，那時我還覺得慶幸。接著莉薇就回家了，我們一起吃了家務助理爲我們準備的千層麵。吃完午飯通常雅各布會睡兩到三個小時，我走進書房準備繼續寫小說。那天天氣很熱，莉薇將雅各布放進推車裡，帶著他在庭院繞了幾圈。他很快就睡著了，莉薇將推車推到蘋果樹下，坐在旁邊草坪上，準備複習功課。

過了……過了一會，我去找她，那時大約三點。我們親熱了一下，莉薇不想在睡著的孩子旁邊做愛，所以我們去了倉庫。其實那也不是眞的倉庫，比較像是車庫，停著拖拉機、拖車之類的農機車。」

刑警：「爲什麼選在那裡？」

桑德：「因爲如果不關門的話，從那裡可以看到樹下的兒童推車。如果進房子的話，我們就看不到推車了。」

刑警：「你和倫德史陀小姐待在倉庫裡多久？」

桑德：「大約二十或二十五分鐘，我不確定，我們並不太留意時間。」

刑警：「當你們待在倉庫或車庫裡時，兒童推車在你們的視線範圍內嗎？」

桑德：「可以，我們看得到它。只是我們……嗯，我們並沒有一直看著它。」

刑警：「兒童推車離你們的位置有多遠？」

桑德：「大約二十公尺。」

刑警：「你是要說，你與倫德史陀小姐做愛，所以並沒有盯著推車看？」

桑德：「這正是我要說的。倉庫裡有幾塊舊毯子，莉薇將舊毯子鋪在地上，我們躺在上面，然後……做愛。當我們再次看向推車時，車子已經是空的了。」

刑警：「那條被子——我猜小孩睡覺時有人幫他蓋上被子，還在車上嗎？或不見了？」

桑德：「他的被子還在。」

刑警：「你們如何看出孩子不在推車上？」

桑德：「很明顯！被子掉在草地上，推車是空的。」

刑警：「然後呢？」

桑德：「他一定是自己醒來，輕手輕腳地溜下推車離開，或許他看到我們，覺得困惑而跑開。至今我仍不明白，我們為什麼沒有聽到他的聲音。我們發現他不在後立即起身，跑出去到處找他，我們以為他可能跑去哪裡玩了，但在找了十五分鐘後還是沒找到他時，我們都慌了，嗯，是莉薇慌了。半小時後，我打電話報警，說孩子不見了。警察馬上推測是綁架，儘管沒有收到任何贖金的要求。」

刑警：「等一下，你和倫德史陀小姐先講好要怎麼說？」

桑德：「當然，我們都嚇壞了，完全無法想像發生什麼事。莉薇一直尖叫，說她未盡到照護責任，一定會被關進監獄。我設法安撫她，並跟她解釋我一定得打電話報警，因我怕有人偷跑進來把雅各布抱走。她求我不要告訴別人我們之間的事，她不想讓我太太，還有她男朋友、朋友及家人覺得她是個隨便的女孩，這樣太侮辱她了。她也知道略過這點不提，整件事對她而言也已經夠可怕了。因此，我和她先講好說詞，說我在書房寫作，在房子的另一頭，她則到院子裡的倉庫跟朋友打電話，然後雅各布就突然不見了。莉薇堅持要這麼說，她覺得未盡到照護責任的原因，是因爲自己想家跟朋友通電話，這比起孩子失蹤時，她正在跟別人做愛，有非常大的差別。儘管後者會由我們兩人一起承擔責任。」

刑警：「你也覺得前者的說法比較好吧？如果你太太或大家都知道你與別的女人上床，還忘記看管孩子，讓他遭人綁架的話，恐怕給你惹來極大的麻煩吧，不是嗎？」

桑德：「至今我仍不相信孩子遭人綁架，不過我先回答你的問題吧：我當然覺得莉薇求我不要說出眞相比較好！但你絕對無法想像，我有多掙扎！我多想大聲講出所有眞相，不要再受良心的煎熬了。從公眾的角度來看，我是個可憐、心碎的父親，我寫的書甚至又因此熱賣了幾個月，很可怕吧？丹妮絲怎麼看我，我無所謂，也不覺得會有什麼麻煩。在我知道她把雅各布硬塞給我，爲了逃避她的第二任丈夫——那個有暴力傾向的賽車手，我們的婚姻就破碎了。但莉薇一直求我，只要我們單獨在一起，就算幾秒鐘也好，她就會求我不要講出實話。我必須保護她，這是我欠她的。」

刑警：「爲什麼你至今仍不相信孩子遭人綁架？那你認爲是發生什麼事呢？」

桑德：「我相信是意外。」

刑警：「若是發生意外應該會有屍體。」

桑德：「在沼氣發電裝置發生意外就不會有屍體。沼氣發電裝置是利用有機物發酵來產生沼氣，精確來說，沼氣是甲烷菌在厭氧環境下經代謝作用分解有機物時所產生。掉進這種裝置的人，會在幾秒鐘內立刻死亡，因爲氣化的關係，沒有任何倖存的可能，甚至不會有任何感覺。這是一種非常迅速的死法，而且死後不會留下任何蛛絲馬跡，連牙齒跟骨頭都會消失不見。因此，找不到兒童屍體也是正常的。我相信雅各布掉進沼氣發電裝置裡了。」

刑警：「你相信，還是你知道？」

桑德：「我當然沒有辦法百分之百確定！也有可能有瘋子闖進庭院抱走小孩，只因自己失去孩子或是極想要個孩子，誰知道！當然這也有可能是事實，雅各布可能還活在世界上的某個角落，我們也只能祈禱他的日子不算太壞。我們永遠不會知道眞相！只是我不覺得會是這樣！我不相信！我認爲，他從沼氣發電裝置的導入管掉下去。那天早上，我忘了……

我……可以給我一杯水嗎？」

刑警：「你先平靜一下。」

桑德：「謝謝……那天早上，我和雅各布有到沼氣發電裝置去。那天布魯諾不在，我得去添加青貯料。」

刑警：「請你詳述一下沼氣發電裝置的外觀。」

桑德：「那是一座用水泥砌成的大貯存槽，罩蓋即是水泥地板，位在我們農場獸棚的後方。在這個水泥槽上方有個導入管，是不鏽鋼金屬管，直徑大約有四十公分，導入管的開口跟水泥地板一樣高。每天，我們都要從這個開口倒入有機廢物，像是青貯料或玉米貯料等等。雅各布對沼氣發電裝置非常著迷，總是要跟著我去看。那天上午，我也帶他一起去了。他在旁邊看得非常認眞，也都很乖。只是後來被蜜蜂螫到，大聲狂叫起來。因他對蜂毒過敏，我趕緊帶他回家處理，忘記把導入管蓋起來。」

刑警：「用什麼蓋？」

桑德：「先用板子蓋上再用沙袋壓住。我完全忘了這件事……我……我……」

刑警：「你想先休息一下嗎？」

桑德：「不，我現在只想說出來……我打電話報警後，跟莉薇繼續到處找雅各布。那時離他失蹤大約已過了一小時，我突然發現導入管沒蓋上，驟然間我冷汗直流，差點昏了過去。就在那一刻，我幾乎可以確定他應該是掉下去了。」

刑警：「你怎麼知道？你過去查看了嗎？」

桑德：「不，當然沒有！因爲根本什麼都看不到！你怎麼能指望可以從管子看進那個封閉水泥貯存槽？裡頭甲烷分會將所有有機物分解掉。那……那只是種感覺而已！雅各布一直對那個沼氣發電裝置很有興趣，他會過去看也是一件很自然的事，然後那個導入管口開著！我忘了蓋上！都是我的錯！」

刑警：「然後呢？」

桑德：「我必須強迫自己冷靜下來，然後……我把蓋子蓋上，把砂袋壓上去。」

刑警：「你當時有跟警察說，導入管整天都蓋著嗎？」

桑德：「我沒說，因爲根本沒人問我這個問題，我甚至不需要做什麼僞證。我也沒有告訴莉薇這件事，一個人守著這個祕密到現在，搞得我都快瘋了。」

薩瓦爾收押時寫給瑪蒂達的信

親愛的瑪蒂達：

三天前我被轉押到慕尼黑斯塔德海看守所，我在這裡的房間約十二平方公尺大，裡面一張床，一張正正方方的書桌，配上一張椅子，有個小櫃子，上面立著一台電視。唯一的一扇窗戶朝北，右邊角落（從門口往房間看）則是盥洗處。

前天我的律師來看過我，告訴我他將會以「過失致死」的罪行提出辯護，這種罪行早已超過法律追訴時效，所以我不必擔心。

從莉薇那裡我只收到一封簡短的電子郵件，我可以在監視下閱讀。她告訴我，她做僞證的部分已超過法律追訴時效，還有她無法理解爲什麼我一直隱瞞導入管沒蓋上這件事，將孩子的母親、警察，還有所有人都耍得團團轉，最後她說自己很失望。

丹妮絲堅持要來見我，一開始我拒絕，最後我還是讓步了。其實我並不在乎是否必須面對她，在腦海中我早已描繪出如電影場景般的一幕：她蹬著一雙高跟鞋走進會客室，帶著恨意的眼光將我從上到下打量一遍，然後狠狠摔我一個耳光，在我臉頰上留下一隻紅色手印後，揚起頭走出房間。不過，事實當然不是這樣。

她一身黑色裝束，沒穿高跟鞋，衣服也是很樸素的及膝黑色洋裝，一點都不誇張，也一點都不做作，完全就是恰如其分。當我看到她的那身黑衣，我才眞正意識到雅各布的死亡，就在那個炎熱的五月天，那個紅色頭髮滿臉雀斑的小人兒，才剛會講「爸爸」、「媽媽」、「拖拉機」、「牛」還有「救火車」。看到丹妮絲的黑洋裝，我立刻知道，她已經接受我的推測，那個壓在我心底十四年的祕密，接受它就是眞相了。她現在已經五十六歲，仍然是個相當有魅力的女人，她很平靜也很克制，我們幾乎無法交談，只說了幾句話，大部分的時間兩人都在哭，我們面對面坐著，彼此握著對方的手，不停流淚。她看起來是那麼消瘦，那麼脆弱，她告訴我，她常常感覺雅各布已不在這個世上了，她多希望他沒什麼痛苦，很快就死去，而不是仍在某處受著無法想像的痛苦。她還說，她無法恨我，她已經找到耶穌。她甚至跟我道歉，當時爲了離開一個她討厭且害怕的人而利用了我。她離開後，我好久無法平靜，情緒翻騰不已，整夜無法入眠。腦中不斷浮現出她蒼白的臉，以及碧綠色的大眼睛，還有那雙乾瘦的小手，明白洩露出她的年紀。就是這雙手緊握著我的手，並不時輕撫著。

親愛的瑪蒂達，其實，這封信裡我想告訴妳的不是這些，我想說的，是跟妳我有關的事。妳還記得我曾在電子郵件中提到的那把火嗎？就是那把火，燒掉所有我在老家舒若特找到的全部藏書及各種紡織用品。

燒完後，我去找了整修公司，跟派來的工人一起討論如何翻修房子，不久後便開始動工。幾天後，我還記得那天是十月十四日，房子對我吐出兩樣東西。之前，我總是感覺它想把我用力吐出去，不要我待在裡面——可能是它對我的報復吧，畢竟我從前那麼討厭它。這一次，它在同一個小時內連續吐了兩樣東西給我：一個工人在從前製鞋廠打牆壁時，發現一個砌在水泥牆裡的小鐵盒，便拿來給我；而我在幾分鐘前清理客房時，才在床頭櫃發現一張寫滿了字的紙，是妳第一次來舒若特時留下來的。這張紙夾在床頭櫃的抽屜與背板中間，因此一直沒有被人發現。就在我開始閱讀紙上的文字時，門口突然出現一個年輕的工人，拿著一個都是灰塵的小鐵盒跟我說：「在牆壁裡發現的。」我接過鐵盒，右手還拿著那張紙，上面滿滿是妳漂亮的字跡，左手則是這個沾滿灰塵、髒兮兮的小鐵盒。我放下右手的紙片，試圖打開鐵盒，但實在太難開啓，最後只能用點暴力敲開。打開後，我發現裡面是一疊舊信件，從已拆開的信封上可看出寄信者是桃樂絲．奧弗萊賀提，住在密爾瓦基伯納姆公園區，這些寫給我外公的信，全是在一九一八年十二月到一九二四年秋天寫的。

我將妳留下的那張紙摺起來放進小鐵盒，拿在手上走到庭院，在外公留下來的搖椅坐下。搖椅四周全是等著收走的舊家具，這些全是我媽及外公外婆留下來，我也是在這一堆舊家具圍繞下長大。

在十月暖陽下，我開始讀年輕的桃樂絲寫給我外公李察．桑德的信，所有的信都是以「我最親愛的李察」開頭，讀完這些信後，我還讀了妳寫的東西。

在這些信封裡面，有些除了信件之外還有照片，照片裡總有一個非常漂亮的女人，五官端正，一頭長到腰間、濃密烏亮的黑髮中分，飽滿性感的嘴唇，深色的杏眼顧盼自豪。不少照片是她的獨照，有一張則是她與家人一起的合照：她父親坐在正中間的椅子上，她及三個妹妹站在後面，皆是一臉慧黠淘氣的神情。還有一張照片，是她與年輕的外公坐在密西根湖岸邊的合照，外公的手搭在她的肩上並將她往自己懷裡帶，兩人的臉挨得很近。他一定是在快門按下前才剛親過她，兩人一臉墮入愛河的甜蜜與幸福。她在這張照片背後寫著（當然是用英文）：寄給你這張照片，請別忘了我們那段甜蜜時光，就算未來並非我們想像的那樣。

在信中，她描述了自己的日常生活，告訴他，在父親的鞋店工作時發生的事，週末跟家人或朋友在一起又做了什麼事。字裡行間充滿了幽默，每每令我忍不住笑出聲來。每一封信的最後一段，總是寫著她愛他，想念他，很高興等著他回來。看到下面的句子我忍不住熱淚盈眶：「期待能再見你一面，並再次擁抱你，全心全意期待那一刻的來臨。」但這些句子並沒有一絲一毫苦苦哀求的意味，信中也從未流露出苦苦等待的絕望，甚至從沒問過他何時回來，每一封信都是那麼充滿詩意，以及無限的愛意。

我認識的外公，是一個非常沉默寡言，難以親近的人。他常常單獨一個人花上好幾個小時在附近散步，或者修理房屋某處。印象中，我從未聽過他多說一句話，或者開任何玩笑，我甚至沒聽過他的笑聲。我總覺得他很不快樂而且很孤單，一九六九年十二月，我十一歲時，他罹患肺炎而死。我從未聽過桃樂絲．奧弗萊賀提這個名字，我相信母親也不知道，否則她一定會告訴我——她總是不厭其煩地告訴我各種家族故事。至於外婆是否知道外公這位年輕時的戀人，我就不得而知了。外婆是一個信仰虔誠，且非常勤勞友善的人，她很愛我，總是告訴我村子裡的各種故事，但從不說她自己的事。

我不知道，也不可能再有機會知道，外公是否收到桃樂絲的來信，或者，這些信來不及被外公看到，便被家裡某個希望他留下來的人擅自拿走。不過，若是後者，那個人應該會燒掉這些信，而不會將它們保存在小鐵盒裡，最後還砌進水泥牆中，妳說呢？不過誰知道？我們不可能知道眞相，或許還眞是外公自己親手將它砌在水泥牆中呢。無論如何，不管是否看過這些信，外公最終還是決定留在家鄉，成爲桑德家族的族長，繼承製鞋廠的家業，與鄰村的安娜結婚。在我想像中，做出這樣的決定對他來說是多麼艱難。我更好奇的是，他是否後悔過做出這樣的決定。這個想法帶給我靈感寫下這部標題爲《不要離開我》的小說。我在十一月開始動筆，且打從一開始便樂此不疲。

最後，我也看了妳留下的那張紙，同樣是以信函形式，標題是《我親愛的薩瓦爾》。但我覺得，妳並不想把那封信給我看，我也相信，妳並不是故意將它留在舒若特裡，萬一當時被我或我媽看到的話，妳一定會覺得很丟臉。妳應該只是找不到它，因爲它掉到抽屜後方。妳記得嗎？在妳第一次看到我的老家興奮不已，因而寫下對未來的夢想與期望。我把它放在這封信裡，讓妳可以再看一次。

這封信，這封熱情洋溢的信，讀了妳的信後，我傷痛不已。現實所發生的一切，竟與妳曾想像的完全兩樣！我所感到的傷痛，是那樣的椎心刺骨。而且，我知道（其實我早就知道了，但那只是一種模糊隱約的感覺而已，不像那一刻那樣清楚地意識到）十六年前我做了錯誤的決定。不只是因爲如果我沒離開妳，小雅各布的悲劇就不會發生，更是因爲我再也未曾有過與妳在一起時的幸福，再也沒愛過任何人如愛妳那般，也再也沒人如妳那般愛我。我多想回到過去！回到一九九六年五月十六日那天，我會幫妳開門，接過一袋袋生菜、青蔥以及麵包，與妳一起下廚，然後共進晚餐。我們會坐在陽台，聊著即將舉行的婚禮，且流覽房屋廣告，因爲我們想買間大一點的公寓，甚至一棟房子。

看完信後好幾天我都如行屍走肉般地渡日，茫茫然無所適從，彷徨不安，無法入眠，無法進食，腦海裡全是這些信件，還有妳。我無法將對妳的思念驅趕出我的腦袋，妳在那裡，在我的腦海裡。我一直都很想妳，但從未如此深刻。我後悔到簡直要發狂，後悔自己膽小如鼠偷偷摸摸地離開我們的家，從妳生活中溜開。

然後，我突然有了一定要再見妳一面的想法，我想知道妳過得如何。很快地，我從網路上找到妳的地址，非常訝異妳竟然搬到因斯布魯克。我草草地收拾了行李，訂好旅館便開車前往，那天是十月二十三日。我在因斯布魯克待了兩天，坐在我的福斯Golf裡，透過望遠鏡窺視妳，看妳離開家，走進學校，看妳跟朋友散步。而我提不起勇氣，上前與妳打招呼，或者去敲妳家的門——我知道，我是個膽小鬼！可是妳一定不知道，我是多麼自慚形穢。我在妳家及學校附近徘徊不去，偷偷在車子裡跟著妳（就像妳幫我的故事所設想的結局裡，年老後的李察那樣），我毫無概念如何才能跟你攀談或與妳在一起，我多麼渴望能跟妳一起喝一杯酒，一起下廚，就像從前那樣，跟妳說故事，以及聽妳說故事。但我沒有跟妳說話的勇氣，我該如何開場？我剛好在妳家或妳學校附近渡假？這聽起來多古怪多不自然！我不想這樣，於是，我像個小男孩似的轉頭開車回家。

回到家後，我收到出版社轉來的一封電子郵件，是提洛邦學校教育處文化服務科一位職員的來信，詢問我是否願意到中學去主持寫作工作坊，信中並列出全部參加學校的名稱，當我在其中看到妳任教學校的名字，我以爲那是命運的招喚。我們的重逢，將會冠上巧合的名義，這樣一來就會自然許多。我打電話給負責此事的職員，告訴她我願意參加這個活動，只有一個條件：我一定要被分配到妳任教的女子中學，對方很爽快地答應了，說她可以安排，不會有任何問題。我雖然覺得有點奇怪，對方竟然毫不猶豫就答應我的條件，沒問任何理由，彷彿一切理所當然，但我也沒繼續追問。

想到終於能再與妳見面，還能共度一星期，我不由得振奮起來。帶著這樣的期盼，我度過漫漫冬日：提筆寫我的小說，監看工人的工作進度，偶爾與伯恩哈德在酒吧喝一杯。

我喜歡與妳共度的那一週，享受在妳身旁的感覺，舒服、安心、滿心歡喜。我也很感謝妳說服我自首，結束長年生活在謊言下的日子，我終於如釋重負（但罪惡感仍會伴隨著我的餘生），一切終於過去了！這都是妳的功勞！數不清自己有多少次想結束這一切，但總是拿不出勇氣，是妳，給我力量付諸行動。

我的新生活即將展開，我想問妳，是否願意在其中占有一席之地？我希望能經常見到妳，希望能常與妳在一起，對我來說，這是非常重要的。瑪蒂達，我愛妳。

妳的薩瓦爾

一九八〇年九月二十一日瑪蒂達寫給薩瓦爾的信

我親愛的薩瓦爾：

我正坐在枝葉繁茂的銀白陽下，那棵你小時候最愛爬的樹，九歲時，你還給它取名叫做「加百列」——正是天使長加百列的名字，你故事中的要角之一。微風吹過加百列泛著銀光的葉子，沙沙作響如音樂般悅耳。四周一片綠意，一切安穩靜好。這房子坐落在小丘上，放眼看去全是草地及樹林，以及遠處教堂的尖塔。說起來有些俗氣了，但這裡的確就是這麼詩情畫意。

幾年後（或許十年？）我們的兒子會在加百列上爬上爬下，或許會掉下來，哭著跑到你或我，或他祖母身邊尋求安慰。男孩名叫尤利烏斯或尤利安，長得跟我很像，他的妹妹叫卡蘿莉娜或艾蕾諾爾，長得就完全像你，她有你的酒窩，你濃密的深色捲髮，還有你的綠眼睛。在他們兩人中，她比較聰明敏捷，尤利烏斯/尤利安就比較理智而且認眞。他將來想跟父親一樣當個作家。女孩被祖母說動，以後想開家大鞋店，裡面全賣自己設計的鞋子。每天晚上，小女孩都會蹬著祖母的紅色亮漆高跟鞋，在我們面前走來走去，令人忍俊不禁。我們坐在露台上一起吃晚餐，一邊談笑著。你這時已是成名的大作家，寫的書本本暢銷，而我在附近城市的學校裡兼職德文老師。你母親會幫我們整理家務及看管孩子，我們相處得不錯。

你常常寫作到深夜，我在床上看書等你。如果太晚了，我會過去書房找你，跨坐在你的大腿上親你，在你臉上落下千千萬萬個輕柔的吻，直到找到你的嘴，你的吻暖暖的，嘗起來有牛奶粥甜甜的味道。在你忙著關掉電腦時，我脫掉你的外衣，指尖輕輕劃過你古銅色柔軟的肌膚，從肩膀輕撫過腋下到乳頭，再往下滑至肚臍。你把椅子往後推開，抱著我站起來，我用手腳緊緊攀住，你抱著我在房間走了起來，我們不停吻著對方。最後，你將我放在你外公留下來的地毯上，我們瘋狂做愛。

第二天早上，我們五個人一起在露台上吃早餐，氣氛和諧融洽。一定是這樣的，我是如此期待我們的未來。

瑪蒂達

瑪蒂達從醫院寫給薩瓦爾的信

我親愛的薩瓦爾：

這封信是我口述，我的朋友席薇雅幫我寫的，因爲我已經虛弱到無法自己提筆了，就連開口講話也很困難，所以，這封信也不可能太長。

十月十四日，也就是你找到裝著桃樂絲來信的鐵盒以及我所寫的文字那天——絕對不是開玩笑！我收到醫院的診斷書：我得了乳癌，已不久於人世了。（就像你當時幫我的故事所設想的結局那樣！）聽起來或許很奇怪，但我在知道消息後的第一個念頭竟然是：這樣也還不錯！第二個念頭則是：我想再見薩瓦爾一面。

而就在那日的幾天前，我在文化服務科工作的朋友安妮塔告訴我「學生遇見作家」的活動，正在找國內作家參加。收到醫院診斷書後，我請她找你，問你是否願意參加這個活動。在她收到你的回覆後，我找她並請她幫我將你安排到我的學校。（這也符合你之前所設想的，你猜到的嗎？）在我讀了你給我的信後，我終於明白為何當時她會露出那樣古怪的微笑，還問我：「怎麼，是老情人嗎？」除此之外她什麼都沒說，我完全不知道你也提出了同樣的要求。我們兩人無論如何都想見對方一面，然後自以為對方會以為是巧合！在我讀到你的信時，我忍不住笑了出來。

我沒告訴你我生病的事，如果你知道我因不久於人世，而想再見你一面的話，我會覺得很難堪。我想，你也會覺得難堪。你可能不知道在我面前該如何應對進退，我不希望出現這種情況。

對於我們的重逢，我也非常高興。我也全心全意地盼望與你相見，再次擁抱你，與你一起喝一杯，如同往日一樣一起下廚，聽你說故事，也說故事給你聽，跟你聊天，跟你一起歡笑。我也非常珍惜我們在一起的日子，唯一的區別是：我知道，那是最後一次了。

在你不再受過去幽靈的煎熬，展開新生活之際，我祝福你一切幸福如意。薩瓦爾，我永遠愛你。

你的瑪蒂達

尾聲

寄件日期：二〇一二年六月二十五日
寄件者：提洛邦文化服務科

各位德文老師好：

文化服務科非常感謝所有參與「學生遇見作家」活動的德文老師們！參與活動作家的反饋意見也非常良好，我們決定明年繼續舉辦這個活動。參與活動學員們的文章業已蒐集完畢，目前正由五位評審（五位參與此次活動的作家）閱讀篩選中，入選的作品將集結成書，並於秋天出版。確切日期會再通知各位。

最後祝福大家假期愉快，並期待九月能有個充滿活力的新開始！

致以衷心的祝福

安妮塔・坦澤

節錄自《我們！》，提洛邦文化服務科編輯出版

〈我們的德文女老師〉

我們的德文老師叫瑪蒂達·卡敏思基，她教了我們五年的德文，同時是我們的導師。她總是耐心地聽我們說話，傾聽我們的煩惱，是一個非常好的老師。她上課方式非常活潑，從不讓人覺得無聊，我們閱讀並討論很多書，一起到劇院看戲，也會模擬書中人物玩角色扮演。因爲我們喜歡開放學習的模式，因此在低年級的拼字文法課堂上，老師總是不厭其煩設計出許多不同的自由學習方式。每一年，她會跟我們一起組織新詩寫作工作坊，還會將我們寫的詩集結起來印成小冊子，發給所有學生。老師總是爲我們做許多事。在我們一起閱讀一本書時，若是剛好讀到她喜歡的段落，她總是激動地不能自已並對我們喊道：「女孩們，細細品嚐這段文字吧，不是很美妙嗎？」每當我自己看書看到喜歡的段落，總會不由得想起卡敏思基老師那句「不是很美妙嗎？」老師的衣著總是簡便舒適，淡淡的妝容一點都不張揚，

很得我們女生的歡心。從外表看來，她比實際年齡年輕至少十歲，臉上總是帶著愉快的笑容。她開朗與積極的態度總是感染我們，無論發生什麼事，只要跟她談過以後，事情就不再那麼糟糕了。

去年冬天我們發現卡敏思基老師不太對勁，她越來越瘦，有時也請假在家。從前她從未請過病假，因此我們都覺得很奇怪，問她原因她只說是身體有些問題，並未透露更多。我們都不知道她得了癌症，且不久於人世了。

我們學校在三月初有個寫作工作坊，由一個知名的青少年文學作家主持，總共有三十個高年級的學生參加，我們班上包括我在內有五個學生報名。主持活動的作家是薩瓦爾．桑德，我讀過他的《天使之翼》、《天使之童》、《天使之血》，因為在我們中三（註一）時，卡敏思基老師曾跟我們介紹過這套書。後來我從市立圖書館借出來看，非常喜歡。

這位作家跟卡敏思基老師一樣都是五十四歲，打從一開始，我便感覺兩人之間必定有過什麼，或者至今仍是。我感覺到兩人之間迸出的火花，他們彼此對望的眼神，彼此之間的應對，都流露出一抹渴望。我也發現兩人長相有點相似，母親告訴過我，人相處久了，長相會越來越相似。此外他們的用詞也都一樣！有一次，隔壁班的蘇珊娜朗讀自己寫的短篇故事時，桑德先生在聽到某一段落時突然大聲說：「這眞是美妙！」我們全都愣住，朝著卡敏思基老師望去。但她並未感受到我們的眼光，她正看著桑德先生，帶著一抹神祕的微笑。

沒人知道他們兩人的事，大家越來越好奇。我們問卡敏思基老師，是否從前就認識桑德先生，還是在這個寫作工作坊才認識。她很坦白地告訴我們，從前在維也納時，兩人曾在一起很長一段時間。聽到這個答案，學生之間自然開始流傳起各式各樣的小道消息，繪聲繪影地傳說兩人之間的各種可能性。

這次的寫作工作坊眞的非常有意思，結束之前卡敏思基老師組織了一場朗讀會，邀請學員家長參加。會中所有學員朗讀自己的作品，由卡敏思基老師與桑德先生共同主持，他們兩人眞的很幽默。

五月五日卡敏思基老師在醫院病逝，五月十八日舉行喪禮，她曾教過的班級學生，所有的老師以及校長都出席了。教堂滿滿都是人！彌撒非常感人，大家都哭了。很多她的學生，包含我在內，都上台朗讀。我們班，也是她的班級，中五（註二）甲班，合唱卡敏思基老師

註一：相當於台灣的國一生。

註二：相當於台灣的國三生。

最喜歡的歌，儘管這首歌對喪禮而言並不怎麼適合。

在墓園時，我突然看到一位警察，旁邊站著作家桑德先生。他站在遠處，直愣愣地瞪著棺木看，此時神父正在做最後的祝禱。桑德先生看起來異常悲哀，學生之間開始竊竊私語，也全朝著他看。看到他遠遠地站在後面時，大家一陣騷動，對我們來說，他實在太神祕太令人激動了。在寫作工作坊結束後的下一個星期，我們在報紙及電視新聞上不斷聽到他的名字。桑德先生到警察局自首，坦承自己在兒子失蹤案上並未說實話。接著又出人意料之外，突然被慕尼黑檢察官以謀殺罪名起訴，隨即又因證據不足而撤回告訴。但謠言滿天飛，也有傳聞說，最終還是卡敏思基老師說服他，才會去自首。

寫作工作坊結束後，卡敏思基老師隨即進了醫院，想必主持這個活動對她來說一定相當疲憊。一開始，我們總是分批到醫院探望她，直到醫生及護士委婉地請我們不要再來為止。他們說，時間已經近了，卡敏思基老師不希望我們看到她最後的病容，希望在我們的記憶裡，她永遠都是德文女老師的形象，而不是垂死的病人。

在她病逝後，又有流言傳出，說卡敏思基老師是在作家的懷裡斷氣的。據傳，桑德先生收到醫院的通知，並獲得看守所的外出准許。他及時趕到醫院，得以在最後一刻單獨與老師在一起。

對我來說，這不是流言；對我來說，這是事實。

瓦倫緹娜，十五歲，中五甲班

H＋W 15／德文女老師

原著書名／Die Deutschlehrerin
作　者／尤蒂特・W・塔須勒
翻　譯／劉于怡
責任編輯／詹凱婷
編輯總監／劉麗眞
總 經 理／陳逸瑛
榮譽社長／詹宏志
發 行 人／涂玉雲
出 版 社／獨步文化
城邦文化事業股份有限公司
104台北市中山區民生東路二段141號5樓
電話：(02) 2500-7696　傳眞：(02) 2500-1967
發　行／英屬蓋曼群島商家庭傳媒股份有限公司
城邦分公司
104台北市中山區民生東路二段141號2樓
網址／www.cite.com.tw
讀者服務專線／(02) 2500-7718；2500-7719
服務時間／週一至週五：09：30～12：00　13：30～17：00
24小時傳眞服務／(02) 2500-1900；2500-1991
讀者服務信箱E-mail／service@readingclub.com.tw
劃撥帳號／19863813
戶名／書虫股份有限公司
香港發行所／城邦（香港）出版集團有限公司
香港灣仔駱克道193號號1樓東超商業中心
電話／(852) 2508-6231　傳眞／(852) 2578-9337
E-mail／hkcite@biznetvigator.com
馬新發行所／城邦（馬新）出版集團
Cite (M) Sdn Bhd
41, Jalan Radin Anum, Bandar Baru Sri Petaling,
57000 Kuala Lumpur, Malaysia.
Tel: (603) 90578822
Fax:(603) 90576622
email:cite@cite.com.my
封面設計／高偉哲
排　版／游淑萍
印　刷／中原造像股份有限公司
●2020（民109）10月初版
售價 299 元

ISBN 978-957-9447-86-7

國家圖書館出版品預行編目資料

德文女老師／尤蒂特・W・塔須勒著；劉于怡譯. –初版. – 台北市：獨步文化，城邦文化出版：家庭傳媒城邦分公司發行，民109.10
面；公分. --（H+W；15）
譯自：Die Deutschlehrerin
ISBN 978-957-9447-86-7（平裝）

874.57